うれしくて今夜は眠れない

ナマコのからえばり

椎名　誠

集英社文庫

うれしくて今夜は眠れない　目次

1 「死」と「おんな」

2 危険な週末

焚き火と人生 65
危険な週末 70
新潟から勝山までいい旅をした 75

3 毅然たるいいわけ

一方通行だらけにしてほしい細い道 83
旅の宿から 88
初冬に南の島に行く 94
毅然たるいいわけ 99
全著書取り調べシリーズ 104
原稿職人の年末年始混乱期 109
おばさん会話に未来を 114

4 着脱自在人工胃袋の洗濯

5 人間発電所——を知ってますか

目次・扉デザイン／タカハシデザイン室
扉イラスト／山﨑杉夫

うれしくて今夜は眠れない

ナマコのからえばり

1
「死」と「おんな」

「死」と「おんな」

このあいだ親しい編集者と会って、次の連載のテーマをどうするか、という話をしているときに、雑誌連載をいまどのくらいやっているのかと聞かれた。具体的にひと月に締め切りが何本か、というような話になる。

この「ナマコのからえばり」（『サンデー毎日』）を含めて週刊誌二誌に毎週書いているからそれだけで月最低八本。月刊と隔月の小説誌に小説とエッセイを四本。月刊誌に写真、月刊と隔月誌に取材ルポを三本。そのほかに二、三のコラムものがあるからひと月大体二十二本見当だ。慌ただしいように思えるが一年前はひと月に三十四本の締め切りがあったから今は気分的にだいぶ楽になっている。

ぼくの夢は「書き下ろし作家」で、伊豆の天《あま》城峠《ぎとうげ》を越えたあたりのひなびた温泉宿にこもって四百字詰め原稿用紙にモンブランかペリカンの太字ペンですらすらすら、というやつだ。夕方疲れて近くを散歩していると「旅の踊り子」に偶然出会ったりする。「旅の踊り子」がまだいるのか？　という疑問と、出会ってそれからどうなるか、ということはまだ考えていないが、たぶんどうにもならないだろうから宿に戻って毎晩同じような鮎《あゆ》の焼いたのを肴《さかな》にしてぐいと飲んで小便して寝てしまうんだ。でも夜更けには起きてまた四百字詰め原稿用紙にスラスラスラ。そういう「書き下ろし作家」になるためにはこの夥《おびただ》しい連載をすっかりやめてしまわねばならない。でもそうなると単なる印税生活者として時代の荒波を乗り越えていかなければならないから、一年間伊豆に閉じこもって書いたカキオロシがまるでモノにならずダイコンオロシよりも存在感がない、などと言われたら東尋坊《とうじんぼう》あたりをさまよわなければならない。伊豆から東尋坊までは結構遠いから、あのへんの断崖ですませてしまう、というほうが現実的だろう。

そうか。カキオロシ作家になると断崖から飛び下りねばならないのか。

夢の作戦は早くも挫折する。

それにぼくは週刊誌の連載エッセイなどを書くのがけっこう好きなのだ。この「ナマコ」なんて何書いても編集部からはなんにも文句言われないからね。読者からは時々オコラレルことがあるけれど……。もうひとつの『週刊文春』のエッセイもまるっきり自由だ。

これはモノカキとしてしあわせなことらしい。その日居酒屋で飲んでいた編集者とはかれこれ二十年ぐらいのつきあい。ぼくがそのつどたちむかうテーマを考えて、サポートしてくれ、最終的に一冊の本にしてくれるという、モノカキのトレーナーのようなたいへんありがたい編集者なのだ。そうしてこれまで数々の本を作ってきたが、それらはみんなそこそこの成果をあげている。

新しく提示されたテーマは「死」であった。ぼくがいままで一度も真剣に考えたことのないテーマだ。

それはぼくの主治医にも言われたことがある。

「あなたは自分の死についてただの一度も何も考えたことがないでしょう」

「すみません」

と謝らねばならない状況になっちゃった。

そうか。死の問題か。

自分にできるだろうか。挑めるだろうか、としばらく迷ったが、何も「生と死のはざまに」とか「死者への祈り」とか「国家と死」などといったとらえどころのない大テーマではなく、墓の話ひとつにしてもぼくは世界のいろんな墓を見ている。

墓を持っている国は世界では少数で、あとは墓なんかない、という国が多い、ということを実際に歩いて知っている。じゃあ「死」にとって「墓」とは何なのか、という自分なりの疑問含みのテーマですでにひとつの章が自然に決まってくる。

死んでからユーレイになる（なれる）確率について書いてある怪しい本をむかし読んだことがある。あるいは幽霊を捕まえようとした学者たちの本があり、これはノーベル賞をとったようなすぐれた先端科学をいく学者が大勢で幽霊の真贋《しんがん》を暴くためにあらゆる幽霊事件を徹底的に科学的に分析していって、その存在を否定してきた。

しかし、たった一例、彼らがどうしても解明できなかった「幽霊」がいた。解明しないと「幽霊は存在する」という結果になってしまうのだ。えらいこっちゃ！　なのである。

「死」をメーンテーマにすると、そういう話から突入していくことができるかもしれない。これはぼくにとって案外いいテーマなのかもしれない、と思いすぐに連載第一回を書いてしまった。どうも行動は早いが単純なのが我ながら心配だ。

別の月刊雑誌からなんとなく持ちかけられている連載話も目下考慮中だ。

ぼくは「見にいく」というカメラルポが好きで、これまで「海を見にいく」「まつりを見にいく」「風を見にいく」と続けてきた。

次に何を見にいくか。

なんとなく出てきたのが「おんな」だった。カメラを持って「おんなを見にいく」。いままでになく題名の文字がやさしいではないか。

北海道から沖縄まで、日本人といえども土地によって顔はあきらかに違う。津軽《つがる》の市場にいくと若い人からおばあちゃんまで顔の輪郭がきれいなのに気がつく。美人は輪郭にあり、と誰か有名な絵描きが言っていたのを思いだした。

沖縄のひとがみんなそれとわかる顔をしているのは何故《なぜ》なのだろう。いちばんいろんなのが混在しているのが東京だ。化粧や服装がみんな同じになってしまうからのような気もするが、日本中からヒトが集まっているからでもあるのだろう。

これまでの取材で殆《ほとん》ど行かなかった地方の水商売の店などにも行ってみたい。「おんな」というテーマは三十〜四十代の頃にはあまりにもなまなましく、敬遠するテーマだったが、晩年の作家にとってはなかなかいいような気がする。いつまでも怪しい探検隊とか草野球などやっていられないのだ。とはいえ、どこでどういう女をみつけるか、が難しい。必ずしも美人でなくていい。

むしろ、気持ちのいい人を探したい。

話をしているとなんともいえずここちいい、という人がときどきいる。なんのツテもアテもなくそこらを歩いていてそういう人を探すのはなかなか難しそうだから、これは事前調査がいるようだ。編集者がやってくれるのだろうか。

緊迫して、感情をモロにバクハツさせているような「おんな」も写真に撮るとその人の人生の内実がモロにあらわれて迫力がある写真になりそうな気がする。東尋坊の近くをうろついていると出会いそうだが、それだと前段の別のテーマになりそうだ。

続くものと崩れるもの

「百年食堂」という雑誌連載ルポの取材で、栃木県の塩原《しおばら》から日光へ、一泊二日の慌ただしい旅に出た。レンタカーに男四人。これまでこのメンバーで日本のあちらこちらに行って取材してきたが、今回が最終回である。

タイトルの示すように「百年前後続いている全国の食堂」を訪ねてきたのだ。主に大衆食堂である。最初の取材をしてすぐにわかったことは、百年続いているからといって必ずしも「おいしい店」とは限らない、ということだった。どちらかというと「平凡」な味のものを出している店が多い。「慣れていて安心できる味」のものを出してくれる店のほうが多い。

お店を経営している人もその地域に溶け込んで親子何代か継続していれば、固定客のほうも親子継続してのおなじみさん、というケースが多い。頑固に「古くて」「同じ味」を代々続けているような店を地域全体が助けている、という印象だ。

ただし、百年のあいだの後半五十年を受け継いだある店の老姉妹が「わたしらは五十年間、ただの一度も楽しい、と思ったことはありませんでした。この店さえなければもっと自由に生きられたかもしれないのに」などといきなりショッキングなことを言うケースもあった。その一方で、百年のあいだに子宝に恵まれて、一族五十人ぐらいで暖簾《のれん》わけも含めて大成功大繁盛している店もあって、当然ながら同じ百年でも悲喜こもごものケースがあった。

実際にその店に行って取材し、人気メニューを注文し、経営者から話を聞いてみるまで、そのへんのことはまるで分からない。そういう意味では、食を通じた日本全国の百年の庶民の歴史をかいま見た、という充足感があった。

毎回、その県で二店ずつ取材していくのだが、今回の栃木県の店はどちらも成功しているようで、「メニューにある「かつどん」とか「中華そば」とか「ごはん」とか「酒」などの文字が平凡ながらそれぞれ力強さに満ちていて、自分がこの街に住んでいたらきっと週に一回は行ってしまうだろうな、と思った。そんなにびっくりするほどおいしくはないが、また食べに行きたくなる、という底力的な誘惑味があるのだ。

初日、那須《なす》塩原の店を取材して、那須の温泉宿に泊まった。関東地方がお盆を過ぎていきなり寒くなったときで、高原の宿は夕方には霧につつまれ、初冬のような気配なのでいささか慌てた。泊まったところはホテルと旅館の折衷のような宿で、平日なのにそこそこの客なので驚いた。

すぐに温泉に入る。硫黄の匂いがする白濁した湯で、全体に質量感がある。露天風呂も霧に包まれているからあたりの風景も白っぽく、これは思いがけなく贅沢《ぜいたく》な状況になったものだ、とよろこびの胸騒ぎがする。温泉から出たらビールと食事が待っているのだ。

で、そのとおりになった。通算四年間やってきた取材なので、とりあえず「お疲れさま」の乾杯。

メンバー四人によるあれやこれやの思い出話になる。そういう話には「実はあのときああ感じたが、取材を重ねてきて今はこう感じるんだ」なんていう話がけっこうある。全員当事者だからその話をじっくり聞きたいのだが、こういう温泉宿というのは、たいてい仲居さんのおばちゃんが、当方の目下の状況とは一切関係なしに「ハイ！　これは猪《いのしし》の陶板焼きです。蓋は熱いですから開けるとき気をつけてくださいよお。蓋は食べられませんからね。ガハハハハ」などと巨大な声をだしていきなり部屋に入ってくる。我々の話は当然中断。というよりおばちゃんの猪突猛進的《ちょとつもうしんてき》ガハハ声で話の腰を折られ、そのまま立ち消えになってしまったりする。せっかくいい話になっていたりすると実にもったいないのだ。そういうのがけっこう何回も続く。

「ハイ、今度は茶碗蒸《ちゃわんむ》しですからね。熱いですから蓋をとるとき気をつけてくださいよお。蓋は食べられませんからね。ガハハハ」

こういうガハハ声のむこうにはなぜか琴の曲がエンドレスで続いている。あちこち旅が多いから断言するが、今の日本旅館の夕食はたいていこんなふうだ。気づかいがまるでなくて、客にはただモノを沢山食わせればそれでいいと思っている。

翌日日光に向かった。途中「鬼怒川《きぬがわ》温泉郷」を通過した。怖い吊《つ》り橋があるというのでそこに寄っていった。なるほど古い吊り橋で、歩くだけでよく揺れる。川を挟んで左右には高層の観光ホテルビルが林立しているが、その風景はよく見ると揺れる吊り橋よりももっと怖かった。

かなりの数の巨大な観光ホテルのビルが廃墟《はいきょ》のようになっているのだ。並んでいる大きなビルの全体があきらかに疲弊し、汚れ、ムクロのようになっている。かつて繁栄した鬼怒川温泉郷は、どうやら時代の変化に追いつけず、全体でゆっくり崩れ落ちつつあるように思えた。もちろんまだ経営を続けているらしいきれいな建物もあり、中のあかりが見えたりしていたからこんなことを書くと怒られるかもしれないが、でもこの有名な観光地はもう終わったな、という印象は変わらなかった。

小さな町に一軒ずつひっそり長く経営を続けてきた店の多い「百年食堂」を取材してきたからなおさらそう思うのかもしれないが、こういう温泉郷のように「個々」も「全体」も大きくなりすぎてしまったものは、ひとたび時代から取り残されると、ひたすら全体でもがくようにじわじわ衰退していくのだな、という実際をまのあたりにした気分だった。

熱海《あたみ》の、夜になっても暗いままのほうが多い巨大観光ホテル群と同じような風景がここにもあった。これと似たように全体で衰退していく温泉観光地が日本のあちこちにあるらしい。おそらく日本人の旅や宿泊のスタイルが根本的に大きく変わってしまったからなのだろう。猪肉や茶碗蒸しを持ってガハハハ笑って入ってくるおばちゃんのいる宿も、よほど気をつけないと。

この日は日光駅の近くにある「百年食堂」の取材で、これがファイナル。知らなかったが、このあたりは「ゆば」が名産らしく、それをいろんな料理にうまくあしらった店で、ぼくはそのなかの「ゆばタマゴ丼」にいたく感動した。

他のメンバーが補足的な取材をしているあいだにぼくは三十年ぶりぐらいに来た日光の町をのんびり眺めて歩いた。観光旅行客らしいおばさんの一団が「あらあ、まことちゃーん」などと叫ぶのでえらく焦った。ほかに「まことちゃん」らしき人はいなかったのでやはりぼくのことらしかった。

「ビール・ナイター親父」の喜びと悲しみ

妻が東北の被災地にボランティアで出掛けている日が多いので、ぼくは夜外出しないときは「すまぬすまぬ」と言いながら、家でテレビナイター親父《おやじ》となって過ごしている。午後はどうしても締め切りに縛られた原稿をこなしているから、一応労働あけの、楽しみの時間である。ただし夕食も兼ねたビールの肴を作らねばならないのがやや面倒だ。買い物は、事務所の女性にやってもらう。簡単でおいしく、栄養バランスも兼ねて。ぼくはキャンプなどで単品で大勢の人が喜んでくれる、たとえばキャベツ十個のまるごと蒸し（本当ですよ）などというのは得意なのだが、一人分をいろいろ、というのはひたすら面倒で、考えこんでしまう。

一番簡単なのはトンカツに大量のキャベツ、冷やヤッコにできあいのハルサメのサラダ。これだと支度するのはネギの細切りと海苔《のり》と山葵《わさび》にウスターソースぐらいですむ。で、まあナイター試合開始の六時と同時にビールのプルトップをプチンと開ける。試合が長引くとビールの本数が正比例的に増えていくことになる。今年やった人間ドックで、さしたる異常がない、ということが判明したので、安心して酒の量がはなはだ増えている。これってつまり逆効果になるのだろうか。

サラリーマンの頃から言われていた高血圧症状が、民間言い伝えの食事療法で治ってしまった、という自信も大きい。これは本誌ではなく、もう一方で連載している週刊誌コラムに書いたのだっけ。もうわからなくなってしまったが、くりかえしになろうとも高血圧で悩んでいる人が多いだろうから敢《あ》えて書いておきましょう。

タマネギなのである。

あれを毎日四分の一ぐらいスライスして食べるといい、と書いてあった（水にさらしてはダメ。洗わずに十五分ぐらい放置するコト）。もともとぼくはタマネギが大好きなので、なんだそんな程度のことか、と半年ぐらい毎朝妻に作ってもらって食べていたのである。

その本には八割ぐらいの人に効き目がある、と書いてあったがぼくはその八割のうちに入っていたらしい。いまは十年間飲んでいた降圧剤を飲まずにすむようになっている。ただしなにかの出来事でいきなり神経が高揚し、血圧が上がることがあるので降圧剤は用心のためにいくらか手元においてあるが、このにわかな血圧正常化の理由は、ほかに思い当たるところがないのでやはりタマネギが効いた、と考えるしかないのだ。

その体験を週刊誌に書いたら（やはり書いたのは『週刊文春』の「風まかせ赤マント」だな）、健康雑誌が目に留めて取材申し込みがあった。全国の高血圧に苦しむヒトのためにもこの体験談を、と思って取材を引き受けた。わが行きつけの飲み屋での取材だから申し訳なかったが。

そのゲラが昨日来た。ぼくはコラム程度のものだろうと思っていたのだがなにかやたら大仰な五、六ページの特集である。派手なレイアウトなので、びっくりした。でも多くの「高血圧で苦しむヒトのために」と思って文句は言わなかった。この体験で思ったのは生活習慣病は「生活習慣」で治す、というのがいいのだな、という体験的教訓である。

生活習慣で一番律義に続けているのが夕方からのビールである。これはいまのところそんなに体に悪さをしていないようなので、ときおり飲むのを休む、とかいっそすっぱりやめる、などという気はまるでない。第一やめる理由がない。毎日「うまい！」と思って飲めているうちは健康で問題なしなのだろうと思っている。今月（八月）からある雑誌で、いきなり「死」についての連載をはじめた。いままで自分が「死ぬ」ということをただの一度も真剣に考えたことがない、ということに気がついて、自分なりに真剣に「死」とそれにまつわる話を長いスパンで書いていくことにした。

その冒頭で「自分は四十歳ぐらいで死ぬ」と信じていた時代があった、ということを書いた。それは非常に偶発的な非科学的なある出来事が関係しているのだが、そのこととは別に、ぼくがその頃の「生活習慣」で、もし改めることがなかったらきっともっと早く死んでいたろうな、と思うことがある。

「喫煙」である。ハイライトを一日に三箱以上吸っていたからかなりのヘヴィスモーカーだった。小なりとはいえ部下の編集部員が五人もいたある雑誌の編集長をしていた頃のことだ。編集者は煙草《タバコ》を吸う、とよく言うが、職業的に煙草が何かの逃げ道になっていたのは確かだった。まだ若かったし。

三十二歳のときに煙草をやめた。あのままやめなかったら、今の命はないと思う。血圧が高いですよ、と会社の健康診断で言われたのもその頃のことだった。男ばかり三十人ほどの殺伐とした会社だったが、八割ぐらいの社員が煙草を吸っていた。会社は銀座にあったが、古い建物なので空調が悪く、冬など外から帰ってくるとワンフロアしかない会社の空中には雲が漂っているように見えた。みんなの吸っている煙草の煙が排気されず、仕方なしに空中に「煙草雲」として浮遊しているのだ。

窓を開けて換気しよう、などという奴《やつ》は誰もいなかったからあれは「集団鈍麻」もしくは「集団無知」という時代だったのだろう。

そういうことが影響したのかぼくが知っているだけで六人死んでいる。社長と専務は年齢もあるのだろうが、ぼくより若いのが四十代で死んでいる。少し年上の一番のヘヴィスモーカーは会社の自分の席で死んだ。机の上で両手で頭をかかえてじっとしていたらしい。

その恰好《かっこう》はその人のいつもの癖なのでしばらく誰もなんとも思わなかったが、やがて死んでいる、とまわりの者が気がついたのだ。煙草を吸いながら逝ってしまったらしく右手の指が煙草の灰をつまんでいた、という。この人をはじめとする若くして逝ってしまった仲間はみんなヘヴィスモーカーだったからそれで命を縮めたような気がしてならない。

そうだった。ビールでナイター、の話を書いていたのだった。ぼくがいちばん見たいのは「楽天」の試合で、これを書いている日はソフトバンクに二連勝、チームも七連勝しているときだったからここちよく見られる。ビールの本数もはずむというものだ。カウチポテトならぬカウチビアーなので、試合が終わるとそのまま寝てしまうことがよくある。喉が渇いて十二時ぐらいに目が醒《さ》める。あのまま永眠していなくてよかった、と思うが起きてベッドに行くのも面倒だ。こういうここちよさも妻がいると「風邪ひくわよ」などと起こされるから途中で中断される。これもひとつの今だけのシアワセというものだろう。

夏のおわりのその日ぐらし

このコラムの二百回記念で二回ほど作家同士の対談をやった。最初のゲストは嵐山《あらしやま》光三郎《こうざぶろう》さん。長いつきあいなので、司会もいらず座ったとたんにどんどん嵐山さんペースで話がはじまり、どんどん嵐山さんペースで話は終わった。

二回目は桐野夏生《きりのなつお》さん。あるノンフィクション賞の選考委員会で顔を合わせる程度の知り合いだったから本誌の山田編集長に司会をお願いした。桐野さんはまったく仰天するような強烈なテーマで現代を「小説」のかたちで鮮やかに表現し続けている作家で、もうこのようないきあたりばったりのエッセイを書いている(『サンデー毎日』さんごめん)男の作家はかなわないな、と前から思っていた。嵐山さんより堂々としていて、迫力があり(嵐山さんごめん)ぼくはうろたえてスタートし、うろたえて話は終わったのだった。

その翌日、丸の内の東京會館で、そのノンフィクション賞の贈賞式があり、桐野さんは乾杯の挨拶担当だった。「乾杯の挨拶って壇上にあがってただ乾杯と言ってくるだけじゃ駄目なんですよね」としきりに困っていた。

こういう会の主催者はやたらに早く関係者を呼び集める傾向があり、しかも知らされていた開始時間は実際より三十分も後なので結局一時間ぐらい待ち合わせ室にいたのだった。こんちくしょう。

退屈なのでウイスキーを飲んでいたらおいしくなってどんどんお代わりしてまるでバーにいるみたいな気分になってしまった。まあ少しぐらい酔っても、その日ぼくは何の役割もなかったので、パーティ会場ではただ飲んでいればいいわけだから気楽なものだ。ただしこういう場ではいろんな知り合いや初めて会う人などが次々に現れるので、名刺交換してはウイスキーを飲む。ぼくのグラスがあくとすぐにプロのお姉さんがお代わりを持ってきてくれるのでさらにどんどん飲んでいく。すぐに飲み干すとすぐにお代わり。飲んでも飲んでもまだまだ飲める。犬は喜び庭かけまわりネコはこたつで丸くなる。いや犬やネコはいなかったな。

とにかくひっきりなしにいろんな人との話になるのでパーティではまず絶対食い物を食べる余裕はない。

でもよく考えるとその朝はコーヒーにパンを一枚食っただけだったのでまるで空腹状態で三時間ほどウイスキーだけ飲んでいることになった。おひらきになって、受賞者を囲む二次会に出てやっとビールを飲んだけれど、ウイスキーが蓄積されているのでいつもより酔っている気分だった。

編集者が「とどめにもう一軒いきますか」というので、脳髄がなかばマヒしていたからたまには銀座の華やかなところもいいかもしれないなあ、とめずらしく半酩酊《はんめいてい》状態のおじいさん（ぼくのことですが）は銀座七丁目のクラブに四人で行ったのだった（小学館の山田さんありがとう）。するとヒラヒラドレスのお姐《ねえ》さんがやっぱり四人出てきて、ぼくはビールを飲み、何かいろんな話をしたけれど、何を話したのかもう忘れてしまった。最近の銀座のお姐さんはみんな長身で美人度が高いなあ、と感心したのだけ覚えている。銀座の夜などで酔っぱらいオヤジの相手なんかしていないでバレーボールかなにかやったほうがいいんじゃないかなあ。

結局十二時近くまで飲んでしまって外に出ると台風前の速い雲が見えて、銀座の夜空がなんだか全体で大騒ぎしているように思えた。湿気が多く、疲労感があって、よく考えると当然ながら空腹だった。

ここまでは昨日の話で今は翌日の土曜日。起きたらやや頭が痛い。飲み過ぎですね。でも仕事はやらねばならないので、まず予定どおり朝十時から『透明人間の告白』の文庫解説を書きはじめた。一九八八年に新潮社から初版が出て一年で十刷している。出たとたんにぼくと目黒考二《めぐろこうじ》（文芸評論家の北上次郎《きたかみじろう》）は、これは十年に一回出るか出ないかの傑作本だ、と大騒ぎし、我々が作っている『本の雑誌』でここ三十年間のあいだに出た面白本ベスト一〇のトップにあげた。

この『透明人間』はウェルズのそれとは違って、人間が透明になってしまうといかに生活するのが大変か、という視点が斬新で、いたるところで唸《うな》るのだ。こんな発想のカケラもないオンボロ作家（ぼくのことです）は脱力感と同時にその作家の才能に嫉妬するのだった。

この本はやがて新潮文庫に入ったのだが、新潮文庫は面白傑作本をけっこうあっさり絶版にするので、もう市場にない。それが今度河出文庫で復刊されるというのでお祝いを兼ねた解説を書くことになったのだ。

注文は九枚だったが、透明になるためのテクノロジーの変遷などを書いているうちに十四枚と倍近い枚数になってしまった。二日酔いでまだ頭痛いけど、好きな仕事なら早いんだ。

二時に終わって次の仕事は新潮社の雑誌の連載二回目。「死」について。いままでビールのことばかり考えていたニンゲンがいきなり「死」のことなど書けるわけはないが、一回目を書いてしまったので二回目を書くしかないのだ。初回は身内の死のことを書いたので二回目は友人や世話になった先輩などの死について書くのが順番というものだ。

書きながら亡くしてしまった古い大切な友人のことを思いだし、亡くなって数年のあいだは「こんなところにいつもあいつがいたんだよなあ」と懐かしく悲しく思いだしていたものだが、過去の記憶というものは想像以上に速いスピードで消えていくもので、自分もそのフルスピードの時間の流れの中にそろそろ本格的に乗りいれつつあるのだなあ、ということを実感した。それというのも冒頭に述べた嵐山さんとの対談が影響していて、その対談は嵐山さんの「死ぬのが楽しみでしょうがないんだ」などという話で徹底しており、そうか我々もいよいよそういう時代に入ったのか、と深く感じいってしまった次第。

田山花袋《たやまかたい》の『東京近郊　一日の行楽』（社会思想社）が辰巳出版から復刻（『東京百年散歩』に改題）されることになり、その帯文を書くために夕方から読みだした。大正時代の東京のあちこちを歩く散歩紀行のおもむきだが、いやこれが実に面白い。ぼくは世田谷で生まれ、下町で学生時代、武蔵野《むさしの》で家庭をもって銀座に勤めていたのだが、そのよく知っている土地のことごとくが昔は実に豊かな自然に囲まれていて、それらを歩いているだけで、日本のどこにも旅行など行かなくてすむくらい、むかしの東京は魅力的だったのだ、ということを知った。こういう名著の復刻にかかわれて嬉《うれ》しい気持ちだ。

音

むかし銀座一丁目に「つばめグリル」があった頃、銀座で飲むときはそこばかり行っていた。もともとぼくは作家になる前は銀座八丁目にある小さな会社に勤めるサラリーマンだったし、モノカキになっても銀座一丁目に映画プロダクションの事務所を持っていたので、都合三十年、品川の店も含めてつばめグリルにお世話になっていた。

久しぶりに行ったのは銀座四丁目のギンザコアビルの地下にある店だが、相変わらず生ビールを上手に注ぐし、ハンブルグステーキは熱くておいしい。

けれど不満もあった。冷房が強すぎるのだ。ビールを飲ませる店はあまり冷房を強めないほうがいいと思う。ビールの味がかなり違ってくるからだ。それといい店なのにBGMの音があまりにも大きすぎて野暮くさかった。地方のいいかげんなレストランに行くとよくあるケース。

銀座はその意味では全国からの観光客が多いところだからそのくらいの野暮さがあってもいいのかもしれないが落ちつけなかった。BGMが大きすぎるとつまりバックグラウンドミュージックじゃなくなるし、客の話す声がいきおい大きくなるから、店全体がうるさくなるからね。

まあビールの本場、ミュンヘンのオクトーバーフェストなどに行くと千五百人ぐらい入るサーカスのテントみたいな巨大なビアホールの真ん中にプロレスのリングふうの舞台があってそこで二十人ぐらいの楽団がでっかい音で「ビール飲め飲め行進曲」みたいのをずっとやっているからそれにあおられてガンガンいくのもなかなかいい。でもそことは店のスケールが違う。天井の高さが断然違う。

どっちにしても店のＢＧＭに店長の品格が現れるような気がする。地方のろくでもない店に行くと従業員が聞くためにでっかい音にしている、なんていうめちゃくちゃなのがよくあるし。

でも苫《とま》小《こ》牧《まい》の「第一洋食店」は内装も採光も落ちついていて、会話がとぎれたようなときにフトどこからか音楽が鳴っているのに気がつき、ああＢＧＭが流れていたのか、とわかるような店で、店主はかなりのインテリだった。まあああいうのが品格なんだろうなあ。

アメリカでときおり見る日本ふうのラーメン屋は、天井近くにテレビをいくつもくくりつけて殆どスピーカーのような使いかたで大きな音でガンガンやっている。

あれは日本のそこらのラーメン屋が天井付近にテレビを置いて大きな音をさせているのを参考にしているらしく、どうもそれをラーメン屋的ディスプレイ（ラーメン屋ならそうしないと）などと勘違いしている気配がある。だから大変うるさいけれどラーメン屋にはこういうがさつなBGMがむしろ合っているような気がするから不思議だ。

音というのは大きいよりも小さな音のほうが頭の中に強く入ってくるようなところがある。あるとき右翼の街宣車が、あの巨大音楽は無しに、もの凄《すご》く暴力的な渋い低い声で「おまえたちわあ！　云々《うんぬん》……」と政治的なあることを批判しながら走っていくのがえらく迫力があって思わず何を言っているのか積極的に耳をすませてしまった。

夏のおわりの蚊がプーンと小さな声で鳴いてくるのも耳と精神のなかに強く入ってくる。小さな音のほうが強い場合があるのだ。

大リーグの野球は日本のプロ野球のような鳴り物はないから、アメリカから日本にやってきた選手は日本のあのカネやタイコ、トランペットなどによるけたたましい応援合戦にかなりめんくらうらしい。ピッチャーなどは精神集中が重要だからあれに慣れるまでなかなか本来の実力が出せないんじゃないだろうか。大リーグの無音のスタジアムでピッチャーの投げる豪速球がキャッチャーのミットに「ズバン！」と叩《たた》きこまれる音を聞くほうがはるかに迫力があるような気がするのだが。

今年は東日本大震災の関係で各地の花火大会がずいぶん自粛中止になったようだけれど、花火大会の最近の流行《はや》りは空中で花ひらく花火にシンクロするように流される大音量の音楽で、何箇所かでそういう新しいスタイルのを見た。音と光の饗宴《きょうえん》というわけなんだろうけれど「なんだかなあ」という感じ。

花火は打ち上げる時のあの鋭いシュルシュルシュルッという火薬の丸いかたまりが空気を引き裂いていく音と、空中で火薬が破裂する乾いた音だけを聞いていたい。大音量の音楽がつくとたんに全体が安っぽくなってしまうように思うのだ。

いまは微弱な記憶しかないが、ぼくが子供の頃、あれは初盆かなにかだったのだろう。隣の家から読経のしわがれた声が聞こえてくる。ぼくは兄弟たちと庭で線香花火をやっていたのだけれど、その静かに聞こえてくる読経のなかで線香花火が静かにパチパチはじけるさまが妙に合っていて、子供心にも「命のはかなさ」みたいなものをぼんやり意識した経験がある。寂しくおとなしい線香花火などには低い音のワルツなんかも似合うような気がするけれど。

毎日家で仕事をしていると、ひっきりなしに聞こえてくる「ご家庭内でご不用になりましたテレビ、洗濯機、冷蔵庫、なんでも引き取ります……」の例の廃品回収車の、あれはどこかで買ってくるのだろうけれど同じ声の甘ったるい娘のテープ声のスピーカー攻撃にはまったくぐったりする。

毎日テレビや洗濯機がいらなくなる国っていうのはどこか基本がおかしいのではないかと思う。とくに今年は地上デジタル放送の切り替えによってアナログテレビが大量にゴミ化したようだけれど、我々は国民的に何かすごくずる賢い「闇の力」にそっくり騙《だま》されているような気がしてならない。

ぼくは今のくっきり見えすぎるテレビが嫌いで、デジタル化してからテレビを見る時間が激減した。

なにか起きたときのニュースとプロ野球のナイター中継ぐらいだから、アナログの画像でまったく問題なかったのだ。

まあこんなふうに書いてくると、だんだん偏屈じいさんになっていくようで、世の中からの「おいてけぼり感」が日増しに強くなるがそのついでにもうひとつ。

ぼくの住んでいる都会の街でも夏まつりがあって、大人と子供神輿《みこし》が巡行したのだけれど、あれにかならず笛の大きなピリピリ音がつくのが、どうもよくわからない。

全体の掛け声に合わせているつもりらしいけれど、ピリピリ音だけが突出してしまい、子供や大人たちの掛け声が後退してしまっているような気がする。あのピリピリ音は交通整理のお巡りさんだけがやっていればいいんじゃないかと原稿に苦しむ偏屈じいさんは思うのですよ。

大いなる野糞

このあいだの十五夜のとき、三浦海岸にある我々の秘密基地で「雑魚釣り隊」の釣りキャンプをやっていた。太刀魚がターゲットで十人で三十本ぐらい釣っただろうか。快晴の下にいたので全員よく日にやけた。夜は十五夜ビール大会である。よく眠れた。キャンプ場ではないので、水は自分らで持っていくし、便所は自分らで自分用のを探す。ぼくはたいてい藪《やぶ》の中だけれど、犬ではないからちゃんとスコップを持っていく。

藪蚊がいっぱいいてずいぶん刺された。十箇所ぐらい。便秘症でなくてよかった。避けようがないんだものなあ。それでも以前行った夏のカナダ北極圏のキャンプ旅を思えばまだ夢のようにシアワセな野糞《のぐそ》だった。

カナダのツンドラは蚊が常にまんべんなく覆っている。カリブー狩りに行ったのだけれど、カリブーは必ず群れていて体力の弱い子供は群れのまんなかに入れて少しでも蚊に刺されないようにして風上にむかって走っている。走っていたほうが蚊を少しは避けられる。群れからはずれたカリブーは蚊に刺されまくって死んでしまうこともあるそうだ。人間も同じで、体をむきだしにしていると刺されまくってカイカイカイカイ地獄におち、カイカイカイカイと言って死んでいく。だから蚊よけ服やスプレーで防護する。

野糞のときが危険だった。三浦半島どころではない。川の中に下半身をつけてやれば蚊にはくわれないが、氷山からとけて流れてくる水なので今度は凍傷の危険がある。救いのない旅だった。

世界のいろんなところで野糞をしたが、快適なのはモンゴルである。ニガヨモギ（むかし蚊とり線香の原料にしたらしい）が生えているので蚊が殆どいないからだ。ただし木は生えていないし、起伏というのもたいしてないから物陰というものがあまりない。そういうときは馬に乗ってキャンプ地から遠く離れる。馬をとめて男が（当然女の場合もあるが）そのそばにしゃがんでいるときはたいてい何をしているか察しはつく。

でもモンゴルというのは粋なトリキメがあって、愛しあう男女がコトにおよぶときは小山のてっぺんにいく。三〇メートルぐらいの木の生えていない小山がときどきあるのだ。そのてっぺんでコトにおよぶ。そのとき馬をおいかけてそれを捕まえるために先端にワッカのついた「ウルガ」という長竿《ながさお》のようなものを山のてっぺんに立てておくと「いまとりこみ中」の合図で、それを見たものは遠慮して近づかない。あざといラブホテルなんかないと世の中はこのように健康的にフェアになるのである。

ニューギニアの小さな島にしばらくいたときも当然野糞の日々だったが、このときはいささか閉口した。島にはいろんな動物が野放しになっているが、猪豚《いのぶた》がうるさい。猪から豚に進化する途中段階の連中で、子供は縞々《しましま》模様の通称「うりぼう」だ。さあ朝の勝負だ、とジャングルの中に入っていくとこの猪豚どもが行列をつくって後についてくる。「うりぼう」も一番うしろにちゃんとついてくる。ちょっとした「ハーメルンの笛吹き」だがそんな優雅なのとはほど遠い。

よさそうなところをみつけてしゃがむと猪豚どもがぼくのまわりをきっぱり取り囲む。やつらはもう興奮しているのが多い。こっちはおちつかないことはなはだしい。

終わって立ち上がると猪豚どもがいっせいに、つまりはさっきまでわが体内にいたモノにむかって突進してくる。これは怖いくらいのイキオイだった。

チベットでは腹をすかせた野犬に取り囲まれる。猪豚よりもこっちのほうが怖い。唸っているし、牙をむいているのもいる。石を持って投げたり威嚇したりしなければならないのでなかなか本来の目的に集中できない。

水中でもやるときはやる。長いダイビングの旅では毎日潜るので腹が冷えるからなのかお腹《なか》をこわすことがときおりある。浮上してダイビングギアをはずしウエットスーツを脱いで、などという手続き順番を考えていると頭がクラクラしてくるので、海底の岩の窪《くぼ》みなどを探して体を固定し、そこでやる。世界で一番大きな水洗便所の中でやることになる。終わったらよく洗ってウエットスーツをはく。このとき潮の流れと自分が浮上していく方向をよく観察しないと、浮上したときに今自分がひりだしたものが殆どシッポのような状態になって同時にあがってくることがよくある。

アマゾンでは夜、ロープにつかまって筏《いかだ》の端でやるが、常に毒蛇やカンジェロ（三センチぐらいの食肉ナマズ、地元ではカンジルと発音する）の恐怖がつきまとい気分としては最悪である。カンジルは人間の五穴にもぐり込んでくる。とくに尿道と肛門《こうもん》が好きなヘンタイだ。やられたら人生お終《しま》い。

結局一番快適なのは砂漠の野糞だな、と体験的に思う。蚊も毒虫も豚も野良犬もいない。場所によっては紙などなくてもパウダーのような砂できれいに拭くこともできる。風上にむかってやる。月など出ていたら特ＡＡＡ級の野糞状態になる。

街のなかでも野糞をしなければならないときがある。厳寒期のシベリア、ヤクーツク（今のサハ共和国の首都）の話だ。マイナス四〇度の世界。

シベリアの公衆便所は生半可な覚悟では入れない。鼻七重まがり、阿鼻叫喚《あびきようかん》状態になっているのがほとんどだ。そこでいきおい大きな門の後ろ側などを見つけるとそこに侵入する。ヒトは同じことを考える動物、というのがよくわかるが、たいてい先客のものが転がっている。そこでぼくは見てしまったのだがロシア人の糞《くそ》は想像を絶するほど巨大なのだ。最初ぼくはビールの大瓶もしくはツチノコがいくつもころがっているのかな、と思った。でも違った。それらは瓶ではなしえない角度で曲がっており、折り重なっていた。ロシア人には巨大な人が多いから納得はできる。堂々たる野糞。

渓流釣りの名人、ツチノコの発見者でもある山本素石《やまもともとせき》さんのエッセイに、釣り仲間と巨大な野糞を作って他の釣り人を脅かそう、とたくらむ話がある。

たまたまブリキの煙突をみつけたのが、この作戦のきっかけだった。近くに肥溜《こえだ》めをみつけ、なるべく固くなっている肥溜めの糞をその煙突にぐいぐい押し込んだ。道の真ん中に持っていって棒杭《ぼうぐい》でトコロテンのようにして直径一五センチぐらいの長い長い糞を押し出し、それをリアルに何本も重ねた。それから近くのものかげに隠れて釣り人や登山家がやってくるのをじっと待ったという。だいぶ前に読んだ本なので結末は忘れてしまった。

2 危険な週末

嵐の夜に川を考える

台風十五号の足の速さには驚いた。浜松に上陸すると一気に加速して時速四〇キロから五〇キロ。北海道あたりでは七〇キロぐらいですっ飛んでいったというからクルマ並みである。台風に制限速度というのはないのだろうか。

その日、夕方から新宿で光文社の編集者と会食する予定になっていた。『風を見にいく』という本をだしたのでその「ご苦労さま会」だ。昼ぐらいには名古屋のへんに台風がいたので、夕方あたりはまだ新宿にはこないだろう。台風という超特大の「風」を見ながら「風の本」の乾杯をするのもいいんじゃないかなあ、と思っていたらたちまち関東に到達して荒れ狂い参加者の全員が動けなくなっていた。だからその「ご苦労さま会」は先おくりにして、ぼくは自宅でもっぱらテレビのニュースを見ていた。

ＮＨＫはぶちぬきで台風関連のニュースをやっていた。名古屋の市内を流れる川が増水して、避難勧告がだされていた。何十万人という数だからタダ事ではない。そのほかの河川も次々に避難勧告から強制力のある避難指示へと厳しい状態になっている。ああいう強くて足の速い台風に日本は弱い、ということが映像からよく見えてくる。

日本にはおよそ三万五千本の川があるといわれている。これは世界でも稀《まれ》なくらい川という水資源に恵まれた国土で、川のない国や水資源の乏しい国からみたらうらやましいかぎりのはずだ。実際にそういう国をいくつか旅したことがあるからそれはぼくにもわかる。日本の川はそのひとつひとつが小さくて、狭い国土を動脈のようにまんべんなく緻密に流れている。

世界最大の河「ナイル」が約六七〇〇キロ、「アマゾン」が約六五〇〇キロ、とくらべると日本で一番長い川「信濃川《しなのがわ》」は三六七キロだ。大きい川がゆったり流れている国土と日本のように小さいのが緻密に流れているのとでは川の利用の仕方がちがってくるし、人間におよぼす影響もちがってくる。

それに人口密度の問題がからんでくる。

日本の場合は川のすぐそばまで街ができてしまっているので、川は上流のほうからしっかり護岸され、流れはがっちりコントロールされている。そのコントロールが効かなくなると洪水の危機となり、避難勧告となる。

むかしの日本の川はどんなふうに流れていたのだろうか、ということをぼんやり考える。むかしといってもうんとむかしだ。

たとえば弥生《やよい》とか縄文《じょうもん》といった時代。ダムもなかったし、堤防もなかっただろうから、川は上流からの水量に応じて自由に流れていたのだろう。工場排水やコンクリート汚染、ケミカル汚染などもまるでなかったろうから、人々は川のかなり中流域でも、もしかすると河口近辺でも川の水をじかに飲んでいたことだろう。大昔にも台風はやってきただろうから、そういうときは人々は「経験上」しばらく川には近づかなかったはずだ。

その頃の日本の自由に流れる川のありさまをぼくは夢想する。

いまのナイル河やアマゾン河、メコン河などがそれに近かったのではないかと思う。あれだけ大きくなりすぎると上流から河口まで人間がちまちまコントロールすることができなくなる。アマゾンなどは源流域にいくと夥《おびただ》しい支流がヨーロッパ全土ぐらいのエリアを流れている。無数といっていいくらいで、増水期には渇水期の水面から一〇メートルぐらい水かさが増してしまう。ジャングルの下から一〇メートルぐらいまでは全部水没し「浸水林」という不思議な景観をつくる。簡単にいえばヨーロッパ全土ぐらいが雨期の半年間、洪水状態となり、それが毎年繰り返される。こういう河はダムや護岸など、人間の手のおよばないスケールで「流れていく」のだ。

アジアの大河メコンもその約四〇〇〇キロは自由に流れるしかない自然の流路だった。日本の川もむかしはそういう風景だったのだろう。

シベリアのイルクーツクあたりから北極海に流れていくレナ河は四四〇〇キロの長さ

だが、橋がひとつもない。

厳寒期にマイナス四〇度以下になるからレナ河は上流から河口まで全面凍結する。氷の厚さは二メートルぐらいにまでなるそうだ。シベリアにも春や夏がくるからそれらの氷が全部溶ける。大小無数の巨大な氷のブロックになってひたすら下流に流れていくからどんな頑丈な橋を作っても橋桁に氷の巨大なブロックが次々にぶつかり、たちまち壊されてしまう。河幅は対岸が見えないくらい広いからよほど大きな吊《つ》り橋でないと機能しない。

だからこの河は夏場は渡し船が対岸をつなぎ、冬場は氷の上にさらに水を流して厚みをつけ、氷の道路にする。その上に一〇トンぐらいのトラックが轟然《ごうぜん》と走っていくのを見たことがある。自然の猛威の凄《すご》いところはさからってもしかたがない、とこの国の人は考えているようだ。

日本にも四国の四万十川《しまんとがわ》や吉野川には「沈下橋」あるいは「潜水橋」という賢い橋がある。コンクリート製の、幅がせいぜい三メートルほど。平均的水面から二、三メートルぐらい上に作られていて欄干はいっさいない。大水になると水かさが増すから水面はこの橋のはるか上になり、そこを激流と一緒に流木などが流れていくから橋は壊されず、上手にやり過ごしている恰好《かっこう》になる。こういうのを見ると「日本人の知恵」を誇りたくなる。

今度の台風十五号のニュースの話にもどるが、災害の多くは浸水だった。日本は川のすぐそばまで人家が迫りすぎている、とさっき書いた。いろんな理由からなのだろうが、河川行政と住宅建設が双方無関係に運営されているのがひとつ大きな問題のような気がする。山と川と海はつながっている、という話をよく聞く。以前、地球の水不足問題を本に書くために世界のいろんな川事情を見たが、「山と川と海はつながっている――」というような言葉を語るのは日本人だけだった。よそのそれこそ五〇〇〇とか六〇〇〇キロもある大河を見ている人には発想できない言葉なのだろうとわかってきた。日本の川は小さいからこの「山と川と海」の繋《つな》がりは世界一よく見える立場にある。でも一番むなしいのは実際には誰も見ていない――ということだ。山の木をぞんざいに切り倒し、そのあとに倒壊しやすいけれど生育の早い杉を植林し、土砂が溜まってたちまち使えなくなる砂防ダムを沢山つくり、いたるところによく用途のわからないダムと堤防をつくり、ひとたび嵐がきて増水すると鉄砲水のような流れを作ってしまう、というこれまでの河川行政のずさんな「つけ」が今度の台風の被害などに深くかかわっているような気がしてならない。

ありゃ、体重四キロ減

中年太りという言葉があるから、ぼくのこれは中年痩《や》せ、いや中高年痩せということになるのだろうか。八月の後半から二週間ぐらいで四キロ痩せてしまった。ぼくは生まれてからこのかたダイエットなんてしたことはないから、これは自然痩せなのだ。

理由はだいたいわかっている。つい最近一泊二日の人間ドックで精密検査したのでなにかの病気というわけではなく、この時期、妻が外国に行っていて、一人暮らしだったからだと思う。妻は立場上、役割上、簡単にできて栄養バランスのいい基本食事のレシピと食材を用意して去っていったが、実際に自分で作るとなると面倒なのでどうしても簡単なものになる。基本はステーキと野菜。

外出しても外食しないようになってしまい、せいぜい週に二回ぐらいのペースで行く新宿の馴染《なじ》みの居酒屋で食べるくらいになる。

こういう食事スタイルになるとどうしても食が細くなる。飲むほうが主体になるからだ。

もうひとつ、ぼくはある種の「運動フェチ」で、朝と夜、簡単ながら、慣れてないとけっこう負荷のかかるストレッチをやるのが趣味だ。トレーニングマシンなどは使わず、自宅の板床とタタカウ。メニューは簡単で、まず三百回のヒンズースクワットから。ゆっくり体全体を慣らすため、窓の外の風景を見ながら、考え事をしながら、愚直にやる。大体五、六分。肩と胸、太股《ふともも》の筋肉が張り詰めていくのがわかる。学生時代にやっていた柔道とボクシングのトレーニングの基礎を自分なりに組み合わせてやっているので、次は腹筋と背筋運動になるが敢《あ》えて板の床の上でじかにやる。腰を痛めないように膝を立て、両手を頭の後ろで組まないで前方に出してあまり強い負荷がかからないようにしてやる。五十回ずつ四回。最後の五十回は手を頭の後ろにおいて最大負荷をかけてゆっくりやる。これが一番キツイけれど、終わったあとに血がずんずん体を動いているのがわかる。最後にプッシュアップ（腕立て伏せというやつ）と背筋運動。プッシュアップは柔道をやっていた頃のやり方そのままで、両手、両足を開いて、体を前後にフリコのように動かしながら速いピッチで屈伸する。ここまでで大体十五分。もの足りないともう一セット続けてやるが、この夏は夜に熱気のなかでハーフセットやるようにしていた。

この自宅簡単トレーニングは人生の癖のようになっていて、五十年ぐらい続けてやっている。結果は筋肉が体の主体になるのでまず太らない。いや太れない。寝る前のハミガキのようなもので旅先でも場所を工夫してやる。そうでないと気持ち悪いのだ。

なんでこのような個人的な「癖」の話を書いたかというと、この夏、夜更けにずっと仕事を続けていることが多く、ときおり疲れてテレビを見ると殆《ほと》ど通信販売の、実に騒々しい番組ばかりやっているのを知ったからだ。

気がついたのはそれらの殆どが「ダイエット」関係だ。ナントカ茶でこのとおり、とか、なんとかマシンで人生に希望が、とか、ナントカパンツで五キロ減、などといった雑貨屋的痩身《そうしん》グッズのオンパレードだ。

しかもいかにも嘘《うそ》っぽい「使用前」と「使用後」の、本当はコレ順番を逆にして撮ったのではないかい、とか、使用後の写真は使用前のより少し小さくしてあるな、というのがすぐわかるような女性の横向き写真や、タレントのプロとはいえど、よくもここまであられもなく大袈裟《おおげさ》に驚いたり感嘆絶叫できるものだ、というもの凄いオーバーリアクションがけっこう面白い。

外国ものだと、日本語の吹き替えが、普段普通の日本人だったら絶対こんな声とイントネーションで喋《しゃべ》らないよな、という、あれはある種の「吹き替え言葉の発音基準」か、と思わせる不思議な語り口が面白くて、仕事の神経休めにけっこう楽しく見ている。

そこでも主力は「痩せる」マシンで、あれはなんというのか「電動腹筋こしらえ機」みたいな、激しく振動する電動腹巻のようなものに目を見張った。なんだか滑稽な風景で、外国人はこんなことまでして（ズルして）痩せようとしているのか、と気持ちがのけぞったものだ。やたら肥満が多いアメリカあたりだと四キロのビッグマックを食って五リットルのコーラを飲みつつ、ああいう電動腹巻で腹筋をつくる、ということもアリなんだ！　というある種のショックを感じたものだ。

さらに思ったのは、あれだけ毎日連続してCMが流れている、ということは需要もちゃんとあるからだろう。するとビッグカップラーメンを食いながらああいう腹巻をしてお腹《なか》だけブルブルブルブルブルさせている日本人も沢山いるのだろうか。

さらにこの夏、シンプル生活をしていてわかったのは、コンビニなどの主力商品である百花繚乱《ひゃっかりょうらん》のカップ麺《めん》は、慣れないものにはてきめんに影響がでる、ということだった。ある夜更け、いきなりひどく空腹になった。疲れていたのでいつも作る野菜スープ製作までの余力はなく、近所にあるコンビニに行って久しぶりにカップ麺を買ってきた。それなりにおいしかったが、影響は一時間後に猛烈な「胃ヤケ」としてまずあらわれた。よくわからないがいろんなケミカル系の味つけの材料がぼくにはある種の慣れない薬品のようになっていたようだ。

どんどん気持ちが悪くなり、今年の夏のことを思いだした。

九州の奥地に四人の親しい顔ぶれと取材に行ったおりに、急にソフトクリームが食べたくなり、コンビニで買って四人で食った。

するとぼくは一時間ぐらいで猛烈な嘔吐《おうと》と下痢の食中毒症状をおこした。その日は名物食堂の取材で朝から何も食べず、食べたのは結局そのソフトクリームだけであったたから、胃のムカムカからはじまった食中毒との因果関係はそれしかない。もっとも同じものを食べた他の三人はまるで平気だから、必ずしもそれが犯人、とはいいきれないが、普段まず食べないぼくがああいうものに入っているだろういろんなケミカル系添加物に、なんだかムキダシで反応してしまったような気がするのだ。翌日までそれは影響し、以来ぼくはますますコンビニから遠のいていったのだが、その夏の夜のカップ麵でまたうっかり悪夢を呼びもどしてしまった。

たぶんぼくはいま、特殊な「からだ」になっているのだと思う。なにしろ毎朝食べるのが生のタマネギのスライスである。これで唯一の生活習慣病だった「高血圧」が正常になった。健康づくりは自分流のやり方が大事な時代になっているような気がする。

夜とクラクション

国の文化レベルをはかる尺度はいろいろあるが、最近は「夜」が気になる。その国の「夜」はどのような状態で存在しているか、というような簡単な尺度だ。

たとえばぼくの住んでいるところは中野区と渋谷区が隣接している。さらにいえば三〇〇メートルぐらいのところが新宿区である。夜遅くまで仕事をしていると、家の前の坂道をハイヒールの音が通過していく。靴の音だけのときもあるし、ちょっとトーンのへんな会話をしながら歩いていくヒトは、携帯電話をかけながらだろう。若い女の声だ。時計を見ると午前二時をすぎていたりする。むかしでいえば「丑三《うしみ》つどき」。街灯のない江戸時代ぐらいまでは悪鬼が闇に潜み、各種魔物が獲物をもとめて跳梁跋扈《ちょうりょうばっこ》していたという時間だ。それを考えると、日本の都会の夜はずいぶん平和で安全で緊張感のない「人間にやさしい時間」と言えるんじゃないだろうか。

銀座の裏道を酔っぱらった親父《おやじ》が何人かでフラフラ歩いているのだって、相当に「甘い風景」だ。警官のパトロールもめったに見ないし、企業のそこそこ偉い人がガードマンをつけて歩いている、ということもあまり聞かない。平和というのは無防備と紙一重というのがよくわかる。

アジアではマニラやバンコクあたりがもう相当に危ない。日本の銀座のフラフラおとっつぁんなんかがいたらちょっと腕を引っ張られて簡単に路地に連れていかれ、軽ければまあ財布をとられて五体無事ですむ程度。ヘタに抵抗したりすると怪我《けが》をする。午前二時にシロウトの女が裏道を一人で歩いている、ということもまずない。いま日本は若い人がイヤホンで音楽を聞きながら歩いているのをよく見るけれど、背後から接近するモノに注意がいかないぶん、携帯電話をかけながら歩いているのと同じくらい危険な状態だ。

夜の電車で酔っぱらったおとうさんが網棚の上に自分の鞄《かばん》を置いて寝入ってしまっているのも日本ならではの間抜けにやさしい風景で、国が違えば親父が寝入った瞬間にもうその鞄はどこかへ持っていかれてしまっているだろう。

ひと気のない郊外の道で複数のヒトが乗っているクルマが止まっている場合も、一人でそのそばを通過するのは結構イノチがけ、という国もある。観光客などが一番狙われるから、日本と同じ感覚で歩いていると素早くクルマに連れ込まれ、別のところで降ろされるまでに金やカネメのものはあらかた取られている。それだけの被害で解放されれば、これもラッキーだったと考えるべきらしい。

メキシコやプエルトリコ全土、ナイロビ、ブエノスアイレス、最近ではモンゴルのウランバートルで聞いた話だが、用心すべきは偽警官で、地元の人も警官にたかられて金をとられる、というケースがざらにあるそうだ。そこで観光客が特上客として一番に狙われる。歩行禁止地帯を歩いていただとか、パスポートの携帯なしに歩くのは違法、なども適当なことを言う。下手に小銭をだして逃げようとすると、公務員買収の容疑で署まで連行する、などと言う。偽警官かどうかその国の見慣れない警察証だけでは判定ができない。結局高い金をふんだくって逃げる、という悪い奴《やつ》らばかりだ。そればかりか本物の警官もそういうタカリをやっているというから始末が悪い。

観光客、とりわけ平和日本から行った警戒心ゼロのバカップルなんかがよく被害にあっているようだ。

ぼくが見たのは、カメラを取られた人だった。観光地にいくと記念写真を撮ろうとするカップルがいっぱいいるでしょう。日本では、通りがかりの人にカメラを渡してお願いすると、まあよほど偏屈か急ぎの人でないかぎり、カップルが腕を組んで「イエイ」などとやっている写真を撮ってくれる。これを海外でやるバカップルがいる。

途上国などで日本製の高級一眼レフカメラなんかを通りがかりの人に簡単に渡して撮ってくれと頼む。生まれてはじめて渡された高級カメラである。撮影するためにその人はバカップルからどんどん離れていったらしい。自分らの全身をフレームに入れるためだろうと思っているとさらにどんどんさがっていく。そんなに離れると肝心の自分らが小さく写ってしまう。

もうそのへんで止まって撮ってください、と頼んだとき、その地元の通行人はバカップルに背をむけてカメラを抱えたまま一目散に走って姿を消してしまった。その国の人の一年間の収入に匹敵するぐらいの高級カメラだったりするから、これは無防備で他人に渡した危機感ゼロのバカップルのバカ度全開のほうに責任がある。

ぼくが気になるのは、そのカメラをもって逃げた人が善良ないい家庭人だとする。しかしいわゆるその「出来心」で運悪く捕まってしまった、ということになると問題は別になる。国によっては異常に罪が重かったりすることがあるからだ。かくてたまたまそこを通りがかった親切な人が、危機感のない日本人のバカップルのためにいきなり重罪人になってしまう場合だ。日本のバカップルが外国に行って損をしたり怪我をしたりするのは自己管理の問題だけれど、その国の人を結果的に不幸にしてしまう愚はやめてもらいたい。

国の民度をはかるもうひとつの材料は自動車だ。先進国か否かがいちばん分かりやすいのは「クラクション」の鳴らしかた。

途上国ほどパンパカパンパカひっきりなしに鳴らしている。あまりみんなが鳴らしているので、本来のクラクションの意味がまるで分からなくなっていたりする。

ベトナムの道路はどこもバイクとクルマの洪水で途切れることがなく、気の弱い歩行者は一生その道を渡れなかったりする。

ベトナムにはめったに信号はないから横断するときは、左右は一切見ないで、確信にみちた第一歩を踏み出すことである。これは相当に勇気のいる「最初の一歩」だ。でもそのあとを横断したかったヒトが続いていくと、バイクやクルマが勝手に方向を変えたり、止まったりして、歩行者たちの横断ルートが完成する。モーゼのひらいた海のようにだ。

インドやエジプトもすさまじい音と埃《ほこり》のかたまりで、慣れるまでは体も神経もヘトヘトになる。中国は信号のない十字路などはクルマがびっしり前後をつめ横から断じて入れさせないようにしている。あの徹底した意地の悪さはどこからきているのか、謎だ。

ミャンマーもクラクションだらけ。でもこの国ではいかなる事故も問答無用で懲役七年と聞いた。それでは鳴らしまくりも仕方がないなあと気にしないようにした。

奥会津、只見川の惨状

晩秋の奥会津《おくあいづ》に行ってきた。紅葉の山々、刈り取られた稲、青い空、輪郭のはっきりした白すぎる雲。たんぼのわきには大きな柿がいい秋色に実って枝もたわわ。相変わらず美しい日本の自然がいっぱい。

けれど山の道から川沿いに入ってくると見慣れていた風景はもうなかった。

この季節だと左右の緑ゆたかなやまなみのあいだを青と緑色のまじったような色の只《ただ》見川《みがわ》がゆったり流れているのに、水は濁り、左右の河原は土が剝《む》き出しになり、草一本生えていない荒れた河原が左右に広がっている。どこか違う見知らぬ荒れた山村に迷いこんでしまった気分だった。

これは二〇一一年の七月二十九日に新潟と福島、とくに奥会津地方を襲った豪雨によっておきた只見川の氾濫《はんらん》、大洪水によるものだった。この数日後の週末に、ぼくはアウトドア仲間とともに福島原発事故で思うように外で遊べなくなった浜通り、中通りの子供たちを奥会津に呼んで大勢でキャンプ遊びをする計画を町と一緒にたてて、実行に移そうとしていた。だからこの災害についていろいろ詳しい情報を聞いていた。

いくつか明確になってきたことがあった。どんどん下流に進むにつれて氾濫した川の水位がとてつもない高さにまでおよんだことがわかる。頑丈な鉄橋は消失したり川に落ちたり、あるいは只見線の鉄橋などは岸からの強固な支えを失って鉄橋の下部が流され線路だけが吊り橋のように垂れ下がっていたりする。

川岸の家は岸辺の崖の土地と共に流されたり、辛《かろ》うじて残った家も一階部分まで浸水し、柱だけ残して家財道具が全て流されてしまったりしている。通常の川面から一〇～一五メートルは川の水が上昇し、道路まで覆う濁流となっていったのがよくわかる惨状だった。いきなりの川の増水を見て住民はそれぞれ声をかけあい連絡しあって山の上の神社などに逃げ、これによる死傷者がひとりも出なかったのが不幸中のさいわい、という程度で、家を流されたり一階部分を流出してしまった家の人も着の身着のままだったという。

地元の知り合いの何人かに聞いた。とてつもない豪雨であったけれど最初の頃はそれほど水位が上がってはいなかった。しかしあるときから一気に洪水状態になった、と川べりに住む人は言っていた。

この只見川は新潟県の上流にむかって「東北電力」管轄の柳津《やないづ》ダム、宮下ダム、上田《うわだ》ダム、本名《ほんな》ダムというふうに沢山のダムが階段状に続いている。さらに「Ｊパワー電源開発」が管轄する滝ダム、田子倉《たごくら》ダム、大鳥ダム、奥只見ダムと続き、このなかでは田子倉ダムが三億七〇〇〇万立方メートル、奥只見ダムが四億五八〇〇万立方メートル、と巨大な貯水量だ。下流のダムは比較的小さく一番小規模な宮下ダムは四〇五万立方メートルである。

経過からいうとこの巨大な貯水量をもつ上流のダムがいきなり放水してしまったことが下流の大災害をもたらしたようだ。下流にある一番小さな宮下ダムに対して奥只見ダムの貯水量は百十三倍だ。これらの大規模ダムからの放水の連絡や警報はいっさいなかった、ということも沿岸の人は口々に言っていた。

下流の住民に警報すらなくいきなり大量の水を放水したらしい。だから、「あれは危機意識を持たない電源会社による人災だ」と地元の人は怒っている。

下流にいくほど被害のすさまじさが大きくなるのだからシロウト目でも本来はこうしたときに下流の洪水を守るためのダムがいきなり放水して下流をめちゃくちゃにしてしまったのだろう、ということはその風景からだけでもよくわかる。

「田子倉ダムの下にやはり電源開発の管理する滝ダムがあるが、一般的にダムは土砂が流入すると水量が減って発電能力が落ちるので、それを取り除く作業をする。事件のときはそのための船が滝ダムに十隻ほど係留されていたが、これが全部流されてしまった。鉄でできた強固な船だが、これが下流の橋桁などに濁流とともにぶつかり、橋桁を破壊していったらしい。橋桁に重い金属性のものがものすごい音でぶつかる様子が役場などの記録にある」(『財界ふくしま』二〇一一年十一月号)

中央のメディアはなぜかこの大惨事をあまり報道していない。原発で大変なダメージをくらった福島を襲った、やはり「電力会社」が大きく関係しているらしいこの事件をどうして検証しないのか、またしてもわからない。さきの『財界ふくしま』の記事によると電源開発の幹部が続々と現地入りして自治体を中心に説明会を開いているという。けれど放流については「規定に従い実行した。その規定については計測器等の保安上の問題があって一般には公開しない」という。この回答もどうもよくわからない。

原発のときもそうだったが、日本はいつからこのようになんでも「隠蔽」する国になってしまったのだろうか。なんだか北朝鮮やミャンマーとあまり変わらない国になってしまったような気がする。

繰り返すけれど、只見川の現場にいくとその破壊のすさまじさはひとつの川の健康な水系をまるっきり変えてしまったようである。鉄道ファンがしばしば日本一と憧れる只見線もあれではいつ復旧できるのか、本当にもとに戻れるのかどうかわからないダメージを負ってしまったのである。

原発のときは地震と津波、今度のここは豪雨という「天災」が、言葉は適切でないかもしれないがどうも当事者たちの「錦《にしき》の御旗《みはた》」になっているような印象だ。

その日の夜、泊まった宿に一番被害の大きかった金山町《かねやままち》の町長、元町長をはじめ町の主だった人が集まって、いろんな話をしてくれた。

福島原発事故のあとは観光客がまったく来なくなってしまい、民宿や土産物屋などは廃業の危機にあるという。奥会津はそれほど放射能の影響はなかったと聞いているが「風評被害」というやつをモロにかぶっているのである。こういう状況をみると「つながろう日本」などとしきりに言っているけれどちっともつながってねーじゃねーか、とまたもやぼくはイカルのだった。

そのときにも思ったのだが、どうも福島の人は本当に「いい人」すぎて、聞いていて歯がゆいほどだった。福島の人は全員もっともっと怒っていいんじゃないかと思う。

ぼくがひとりでいきりたってもしょうがないのだけれど、マスコミの無視ぶりもなんだかとても「いやらしい」ではないか。

焚き火と人生

いまどき奇異と思えるかもしれないが「焚《た》き火仲間」としかいいようのない友人がたくさんいる。そのなかの一人、ぼくより三歳下の親友Rが四年前に食道ガンになって入院。抗ガン剤投与を受けていたが、見舞いに行くと抗ガン剤による全身の辛《つら》さを訴えていた。

あんなものを続けるのだったら死んだほうがましだ。彼はそう言った。

死んだほうがましだなんて、そんな弱気になっちゃあだめだ。ぼくはそう言って励ましたが、自分自身がその「辛さ」を体験していないのだからそう言っても説得力はなく、当人には虚《むな》しいおせっかいにしかならないのだろう、ということはよく分かっていた。

結果的に彼は勇断し、自分で退院をきめて民間治療に転換した。ぼくはチベットから冬虫夏草などを送って彼の勇気ある挑戦をささやかながら応援し続けたが、結果的にいうと、彼のガンは一年ほどして消えた。実にステージ四からの生還であった。あれから三年、今はうまそうに酒を飲んでいるし何でも食べられるようになった。

今年になってその彼と同じ歳《とし》のやはり親しい「焚き火仲間」のNが、なんとまたもや食道ガンになった。ステージ一から二のあいだぐらいで、抗ガン剤治療となったが、N

は薬がよく効く体質らしく二カ月もしないうちにガンはもう肉眼では見えないほどに小さくなった。

けれどそれでもガンというのは手術で削除する、ということを初めて知った。いまはアフターケアのための入院をしているが、経過は良好で、間もなく退院できるようだ。その彼にも予後のためにとチベットから冬虫夏草のかたまりを取り寄せた。中国の商人が介入してきたからなのか、いまはベラボウな高値になっているが、これをダメ押しにしてRのように完全生還してほしい、と思っている。

震災以来、旧友再会が流行《はや》っているという。なるほど、この数週間、別に意識したわけではないが、ぼくも五〜十年ぶりぐらいという友人や先輩とたくさん会っていた。

その一人はカヌーのリバーツーリングを教えてくれた日本のカヌーイストの神様みたいな野田知佑《のだともすけ》さんだ。野田さんが今でもその旅や日常について連載しているアウトドア雑誌『ビーパル』が創刊三十年を迎えるので、その記念対談をぼくの焚き火キャンプ仲間との秘密基地に招いてそこでやったのだ。

『ビーパル』の創刊号のときは、ぼくが隊長になってあちこちの離れ島に焚き火キャンプに行って遊んでいる「怪しい探検隊」という、その名のとおり怪しげな集団の行状記が巻頭特集となった。まだアウトドアなどという言葉もなかった頃のことである。創刊十五周年のときも野田さんとの対談で、まあこれまで節目、節目で『ビーパル』と関係してきた。

そこで思いだしたのは、その第一次「怪しい探検隊」（今は第三次）のメンバーのなかでぼくより若い奴を二人、やはり両方ともガンで亡くしていることだった。歳下の遊び仲間が先に逝ってしまうのは悲しく辛い。第二次では登山家の仲間が冬山で遭難死し、バイクの冒険家がパリダカラリーで瀕死《ひんし》の重傷を負った。

遊びのタンケンといっても、三十年も野山に分け入って遊んでいると死んでしまう友人がけっこう出てくる。

久しぶりに会う野田さんはまったく白髪になっていたものの元気そうで安心した。ぼくより六歳上だけれどちゃんと長生きしていてくれそうで嬉《うれ》しい。

巨大な流木焚き火を囲んでの対談となった。やはりむかし話が出てくる。

「シーナよ。おれも歳をとったよ」

野田さんは人生的ないい声で言った。

「何がどうしてですか？」

「うん。酒を飲むとな。ビールぐらいじゃ大丈夫なんだけれど、好きなウイスキーや焼酎を飲むと、その夜、焚き火を前に何を話したかみんな忘れちゃっているんだ」

「そりゃあ、ある程度歳をとればみんなそうなるでしょう。おれだってそうですよ」

「うん。だけどな、ユーコン河なんか下っているとき、村人との焚き火にどこかの女がまじっていたりするとな、たいていい翌日その女がえらく親切なんだ。甲斐甲斐《かいがい》しく顔を洗う湯を持ってきたりしてな」

「なんでですか？」

「うん。どうやら酔うとたいていおれはその女と結婚する約束をしているらしいんだ。わはははは」

野田さんは九州男児らしく豪快に笑った。

こういう先輩が元気だとこっちも励みになる。その日はその野田さんの大学時代のボート部の先輩という人も来ていて「おい野田！」などと言うのでこっちも緊張していたら、酒に酔って言うことが猥談《わいだん》だらけなのでびっくりした。猥談はそのくらい歳を経た人だったらなんとかサマになる。その先輩もそんな話に終始するだけあってえらく元気そうだった。

我々「怪しい探検隊」のキャンプはいまだに体育会系のがさつな気風で、三十年間女人禁制だ。それから猥談と人の悪口は結局どちらもつまらないから禁止。若い奴の猥談はあからさまでちっとも面白くない。

ぼくは酔ってくるとガソリンを口に含んで焚き火にむかってゴジラのように火を吐くのをむしろ推奨している。かなりのストレス解消となるのだ。ぼくもサラリーマン時代のむかしはよくやっていた。吐き終わったあと口もとで息をきっぱり切らずに吸ってしまったりすると翌日眉毛と睫毛《まつげ》が焼失している。いままで三人のそういうドジがいた。翌日みんなでそいつらを見て笑うのが楽しい。

ビーパル隊の連中が完全に焚き火奉行になっているのがおかしかった。焚き火をやるとこういうのがかならず出てくるのだ。焚き火なんてのはそのままにして眺めているだけのほうが絶対いい。焚き火はほうっておいてとにかく酒を飲み続け、消えそうになったらなんとかすればいいのだ。そのうちに彼らは焚き火に小麦粉を摑《つか》んで投げたりしている。聞いたら「ふんりゅうバクハツ」をするのです、と言っていた。小麦粉が弾《はじ》けるらしい。彼らには悪いがアホクサ。そんな食料無駄作戦をするよりガソリンを吐け、と言いたかったがガソリンを吐いたら燃料資源の無駄ですう、などと怒られそうなので言うのをやめて、自分らの焚き火のほうに戻った。

そこでは大食いの巨漢に十四人のバカたちが襲いかかり、いかにして十二束のカレーラーメンを食わせるかのタタカイをしていた。

こりゃこっちもアホだらけだが元気なのは確かだ。

危険な週末

毎晩どんなことがあってもビールを飲むという「ふらち」な日々で、これはもうずっと続いている。肝臓がだいぶ丈夫らしい。

たまには肝臓を休めるために飲まない日をつくれ、といろんなヒトに再三言われているのだが、もうこの歳になったら、自分の肝臓の責任は自分でとるしかない。ある日、肝臓が「毎日毎日働き続けてきましたがもう疲れました。このへんで働くのをやめます。サヨナラ」と言って、ぼくに辞表をつきつけたとき、ぼくはいさぎよくそれを受理するつもりだ。「わしらはまだもう少しなんとか働けますが」とけなげに申し出てくれる熟練の心臓や腎臓などに感謝しつつ会社解散。

「サヨナラだけが人生だ」

と言って人生を終えたい。

そういう確固たる方針をもったので、昼間できなかった打ち合わせなどはみんな新宿の居酒屋で夜にやることにしている。もっとも打ち合わせのような仕事がなくてもその居酒屋に行くので結局毎日のように行っていることになっている。

金曜日は、まず六時から絵本作家の人と会った。かなり大胆かつストレートな人で

「ぼくと組んで絵本を作りたい」という手紙をくれたのだ。なかなかダイナミックな絵本をたくさん出しており、ぼくはそういうココロイキの人が好きなのでいきなり会った。もちろん初対面。最初から互いにビールわしわし飲んで、どんな絵本を作りたいか話した。役割は当然彼が「絵」でぼくが「話」だ。ぼくはこれまで翻訳ものを含めて七冊の絵本を出していて、ヒト知れず結構絵本が好きなのだ。話はトントン拍子にかたまっていき、かなり元気の出そうなストーリーが決まった。生ビールどんどんおかわり。

問題は、通常のように編集者が介在していないので、どこの出版社にこのハナシを持ち込むかである。そういうのはぼくよりそっちの業界にくわしいその「絵本作家」が担当することになった。

その打ち合わせが済むと、次はライカの機材を沢山持っている人と面会。むかしいっぱい写真を撮っていたが、最近はあまりやらなくなり、その機材を大切に使ってくれそうなぼくに気にいったものがあったら譲りたい、というありがたい話なのであった。手持ちの機材の一部を持ってきてくれた。昼間、銀座のライカ専門の中古カメラ店に行ってそれらの全ての購入価格を調べてきてくれた。ライカはいずれにしてもすごく高い。その人の持っているライカのボディもレンズも全て銘品といってよかった。いまは相当な金額でないと手にはいらない垂涎《すいぜん》の機種などもある。

しかしぼくは仕事の道具として現在使っているので、そういうタカラモノのような銘品は手にいれても棚に飾ってうっとり見ているしかない。結局九〇ミリのレンズと旅に持って歩くのにふさわしいライカの小型簡易カメラと専用レンズ二本。それにスーパーアンギュロンという、ライカをいじった人ならみんな知っている二一ミリの広角レンズと一緒になっていた外付けの「ファインダー」(だけ)を買うことにした。ぼくはすでに別の機種で同じ画角のレンズを持っているのでファインダーだけ欲しかったのだ。でもファインダーだけでも三万円だ。しかもそれは銀座のカメラ屋が査定した中古買い入れ価格で、店にそれが並んだときはたちまち倍ぐらいの値段がついている筈《はず》だった。

二時間ぐらいライカ談義をしてさらにビールぐいぐい。互いに好きなものを前にすると話もはずむというものだ。

そのあとまた別のグループに呼ばれた。同じ店のなかをあっちこっち。落語の「居残り佐平次」を思いだした。三十代の男女グループで、その中にぼくを知る人がまじっていて、ちょっと寄っていきませんか、と呼ばれたのだ。みんなサラリーマンでいわゆるこれは「合コン」というものらしい、と気がついた。へー。ぼくもサラリーマン十年選手だったが、ついぞこんな華やかな席は体験しなかったな。全員壊れてフテクサレタ男ばかり三十人ぐらいの会社だったから、飲むときは最後はたいてい血だらけの乱闘になった。

いまは女のほうがリーダーシップをとっているらしくワインなど女が男にゴボゴボ注

いで「さあイッキに飲んで」などと言っている。ぼくはビールにあきたのでハイボールぐいぐい。十二時にタクシーで家に帰った。十分ぐらいで自宅に着くからすぐに寝たのだが、目覚まし時計をかけ忘れて寝てしまった。

ふいに起きたとき「ん？」とたちまちタイヘンなことに気がついた。その日は朝八時三十分の飛行機で熊本まで行かねばならないのだ。それが今、目の前の時計は七時二十分である。タクシーを呼び五分で支度した。新幹線と違って飛行機は離陸二十分前に搭乗手続きが締め切りになる。ということはあと残り五十分しかない。

タクシーで新宿にかけつけ電車で行って乗り換え通路などいろいろ走って辛うじて間に合うかどうかだ。しかし夕べやはり飲みすぎて頭が痛い。このバッドコンディションではたして完走できるか。登り階段をキッパリ上がりきれるか。

タクシーで行くとすると途中十分〜十五分の渋滞があればアウトだ。普段なら絶対タクシーでは行かない状況だが「もしや」の賭け、というものがある。その朝来てもらった運転手はぼくの本の愛読者だった。わけを話すと「行ってみましょう。飛ばして間に合わせますよ」という力強いオコトバ。普段は朝からぼくを知っている人のタクシーに乗るのは会話などで面倒なところがあるのだが、この日はありがたかった。

タクシーのなかで念のために調べると、その日の朝、熊本に行く便で仕事に間に合うのはそれしかなかった。いま航空会社は極端に便数を減らし、しかも小型機にしているのでたいてい満席で、もし別の便があったとしても絶対予約でいっぱいだ。なにがなんでもその飛行機に乗らねばならなかった。

その日の用件は「講演」であったから、乗り遅れたらもう絶望。大勢の人を裏切り、主催者からは大メダマをくらう。信用ガタオチ心労ヘロヘロ。すべては首都高速道路の流れにかかっていた。

「土曜日はふだんクルマに乗らない休日ドライバーが出てきてよく事故を起こすんですよねえ」。頼りになる筈の運転手の不吉なオコトバ。こういうときは運を天に任せるしかない、ということをぼくは外国を含めた長い旅のなかで学んでいた。

「すべてが駄目となっても死ぬことまでにはならない」、そう思うことだ。おお！　搭乗締め切り三分前に間に合った。いがったあ（よかったあ）！

新潟から勝山までいい旅をした

この時期、日本のあちらこちらへ行けば、いい風景があって、いい酒、いい肴《さかな》があって、いい出会いがある。

新潟市内から二十分ぐらい東に行ったところに「福島潟」というまあわかりやすくいえば水郷というような湿地帯があって、行ってみればわかるがそこは渡り鳥や水鳥、魚や昆虫などの巨大なビオトープになっていて、行政によってきちんと管理されている。名称は「水の駅『ビュー福島潟』」という。三年任期で外部から名誉館長というものが指名され、二〇〇九年からぼくがその名誉館長となった。名誉なコトである。ぼくの前の名誉館長は加藤登紀子《かとうときこ》さんだった。

来年春が三年目の任期あけで、この秋はそこのイベントで新潟に向かった、というわけだ。これまでこのテの旅というと気軽に一人で出掛けていたが、最近降りる駅を寝過ごしたり、途中で自分はいったい今どこに向かっているのかわからなくなって（これはウソだけど）まあ、いままでにはなかった思いがけない諸手続き上の危機がいくつかあり、ついに事務所のアシスタント嬢に一緒にきてもらうようにした。じいさんの一人旅はだんだん大変になっているのじゃ。

登紀子さんはほろ酔いコンサートなどをやれるが、ぼくは歌も歌えないし、白鳥の真似《まね》もできないし、高跳び込みジャックナイフ二回ひねりもできないから、はてなにをしていいかわからない。そこで夏は東京から日頃の草野球仲間と一緒に行って地元の人たちと野球大会や、日頃のキャンプ焚き火仲間を大勢連れていって地元の人たちと百人キャンプザリガニとり大会などをやり、キャベツ丸ごと十個茹《ゆ》でなどの作り方教室をやった。各家庭ではまるで役にたたない料理と思うけれど。で、この晩秋は本業の作家のジャンルで「本を書くこと」なんていうテーマの話をすることになっていた。

しかしその日は、それよりも前に地元の中学の体育館で中学生を前に話をしていたのだ。なんかエラソーな設定で困ったなあ。来年の春、ぼくの書いた短編小説が中学二年生の教科書に出るのだけれど、それに先立っての予告編話のようになってしまった。

中学生は全員制服でけなげに緊張し、しゃっちょこばっているので話しづらい。緊張するような話はいっさいしないでできるだけ人生に役にたたないような無駄話をしたのだけれどなあ。でも思いだす。自分が中学生の頃、こんなふうに体育館で誰かよく知らないおじさんの話を無理やり聞かされたことがあった。もの凄く眠かった。

最後に質問の時間があった。けっこうキッパリ「いい質問」をしてくれるので嬉しかった。ちゃんと聞いていてくれたのだな、ということがわかったしね。

その日は新潟市でどうやらジャニーズ系のコンサートがあったらしく行きの新幹線は、

どことなく似た雰囲気のおしゃれをした（けっして似合っていない）若い娘がいっぱい乗っていて化粧臭くて参った。帰りも一緒になるのだったら嫌だなあ、と真剣に思った。なぜなら中学校で出してもらったお弁当を食べずにずっと持ち歩き、新幹線の中でビールとともに夕食がわりにしようと思っていたからだ。若い娘がおじさんを嫌がるようにおじさん（いやおじいさんだった）も若い娘集団のあの煩《うるさ》い存在感が嫌でたまらない。

翌日は福井の勝山《かつやま》市に行くので、そのまま日本海沿いを福井まで列車で行くか、というプランもあったのだが、時間的な効率を考えるといったん東京に戻って、翌日飛行機で小松空港に向かう、というのがやはり早いし楽だ、ということがわかった。

事務所から再びアシスタント嬢とわがトラックで羽田空港に向かった。数年前に日本の「おまつり」を取材するために日本中を歩いていたとき出会った勝山市の「左義長《さぎちょう》まつり」にぼくは感動した。これぞ一番の日本のまつりだ、と取材スタッフ四人で喜びあった。

以来、再度仕事と関係なくそのまつりを見にいっているうちに地元の人々と知り合いになり、やがて山岸市長とも仲良くなった。ぼくと同世代ということもあり、市長が東京にこられるときは新宿のわが居酒屋アジトで乾杯などした。市長は東京の大学だったので土地勘もよくお供も連れず一人で歩いているのがなかなかかっこいい。酒も強いし、すっかり意気投合した。

その勝山市で「スローライフまちづくり全国都市会議」というものが開催され、北海道から九州まで十六の加盟都市の市長や議員が集まる大きなシンポジウムであった。そこで講演をやるのがぼくの今回の用件であった。なんというおそれおおいことであるか。ぼくはいったん気にいってしまうと、何か頼まれたらいわゆる「みずてん」でなんでも引き受けまっせ、という姿勢だったので、よく考えもせずに引き受けてしまったのだが、考えてみると難しいテーマである。

しかし初日は集まった全国各地の行政のトップ指導者との懇親パーティで、まあ酒の入ったリラックスした時間だ。

余興でもしや、と期待していた「左義長囃子《ばやし》」が披露されると聞いてこれは嬉しかった。まず太鼓がステージに持ち出されたが、集まった全国からの客人は「よくある揃《そろ》い太鼓か」程度でいるのがよくわかる。

東京のパーティなどでもあの自己満足のただ煩いだけのカン違い太鼓ショウにときどき出会い「やれやれ」と思うのだが、その日ぼくは地元の人と同じくらい、これから素晴らしい世界がひろがるのだ、ということを知っているから「さあ、もうじきみんなステージの前に集まってくるんだからな。待っていろよな」などという気分になっている自分に気がつき、おかしかった。

男も女も赤を中心にした長襦袢《ながじゅばん》姿。三味線と笛とカネの真ん中に大太鼓がある。胸騒ぎのする控えめな迎え太鼓があって、勝山いちばんの美人（とぼくが勝手に思っている）がよくとおるソロでまずは口上のような歌をうたう。それから二十人ぐらい、子供も含めた男女が順番に太鼓を叩《たた》き、それぞれが好きなしぐさや振り付けで踊り叩きまわる。いつも櫓《やぐら》の上を見上げているものがその日は目の前で存分にくりひろげられるのだ。いつしか会場のお客全員が舞台のほうにおしかけているのを見て「やっぱりやった！」と一人で喜んでいた。それがどのくらい素晴らしいか、ということを文章であらわすのは能力的に難しい。来年は二月の最終週末の二日間である。憂鬱な人もそうでない人も一度ぜひ行って見て踊ってください。酒がすすみ、辛味蕎麦《からみそば》もうまくて元気になるよ。

3 毅然たるいいわけ

一方通行だらけにしてほしい細い道

家の近くで交通事故があった。青信号で人がたくさん横断しているところに大型バイクが突っ込んできたのだ。三人がはねられ重軽傷を負った。バイクの運転手は現行犯逮捕。

新聞には「うっかりして信号に気がつかなかった」と言っている、と書かれていた。そんな迂闊《うかつ》なのがもの凄《すご》いスピードでバイクを走らせているのが東京なのだから生身の人間はたまったものではない。

ぼくもかなりの頻度で自分でクルマを運転していくことがあるから、そういう場合は常に気持ちのどこかが怖い。

とくに住宅地に入っていくと、路地から突然出てくる自転車がいちばん怖い。路地から大きな道にでるときなぜかけっして左右を見ないおばさんやイヤホンの若者。いきなり確信に満ちてビュンと出てくるのだからクルマを運転しているほうはたまったものではない。

この路地を出たらもしかしたら左右からクルマがやってくるかもしれない、という想像力がないのだろうか。

以前、釣りキャンプで早朝千葉から帰るとき、もう少しでヒトを轢《ひ》くところだった。信号は「青」だった。そこを走っていったらいきなり自転車おばさんがかなりのスピードで出てきたのだ。こっちは急ブレーキで間一髪、ぶつからずにすんだが〇・五秒ぐらいの差だった。おばさんはぼくを睨《にら》み付けながら横断歩道を渡っていったが、その渡っていく先の信号はしっかりとまだ「赤」だった。この千葉のおばさんにとっては「信号の存在」とかそれが「赤」だとか「青」だとかはいっさい関係ないようであった。

あれでもし轢いてしまったらぼくが前方不注意かなにかで逮捕ということになるのだろうな。

このときタクシーなんかが装備しているという前方ビデオカメラを取り付けることを真剣に考えた。こういう突撃自転車は全国にいっぱいいるから、これからは自衛のためにクルマを運転する人はみんな必要になるかもしれない。

満員の電車で痴漢と疑われないためにサラリーマンはみんな両手を上にあげて乗っている、という話を聞いた。さらにひとたび痴漢、と騒がれると一〇〇パーセント犯人にされる、という怖い話も聞いた。このホールドアップみたいにしていないといつ不名誉な冤罪《えんざい》にまきこまれるかわからない、というのは、世界で日本だけらしい。通勤の男たちはそんな虚《むな》しい自衛策にきゅうきゅうとしていないで、もっとこの差別的境遇に真正面からたちむかっていくべきではないのか。といってもその方法がわからないのだけれど。

自転車おばさんも通勤おねーさんもあまりにも自分本位で生きてはいまいか。電車のなかですぐに痴漢だ、と騒ぐおねーさんが、やがておばさんになって自転車でいきなり路地から大通りに出てくる自分本位の突撃おばさんになっていくのだろうか。

そこで交通行政にお願いしたいのだが、路地から大きな優先道路に出るところに、高速道路の料金所にあるような可動バーをつけてくれないだろうか。

ああいうのがあれば突撃自転車もバーの前で少しはブレーキをかけてくれるかもしれない。その逆に高速道路の料金所にあるあの一瞬ヒヤッとするあまり意味のわからないバーはもう取り外していいんじゃないだろうか。

カメラが常に撮影しているのだから料金所破りはあとでゆっくりつかまえられるだろうし、それほど効力があるのかわからないあのバーはいいかげん外し時ではないのかなあ。

それから住宅地の細い道はどんどん一方通行化していってもらいたい。日本のドライバーは世界有数の運転テクニックを持っていると言われるのは、スレスレでやっとすれ違うことができるような道が都会にはいっぱいあるからである。ああいう道でワンボックスカーとか大型セダンなどがすれ違うのを見てアメリカ人が心から感心していた。我々には絶対できない、と。第一、アメリカはそんな狭い路地は造らないもんなあ。

でもあの狭い道をすれ違うたびに思うのは「どうして一方通行にしないのだろうか」という単純な疑問である。どちらかの一方通行にすると片方から入ってくる人からのクレームがくるので、などと地域警察は言うのだろうが、そんなことをいちいち気にしていないでとにかく細い道は問答無用で一方通行にしてほしい。

道は歩く人や自転車の人に有利なように整備すべきだ。クルマはエンジンの力で一、二キロぐらいの迂回《うかい》は簡単だから、ほんとうはクルマ側にとってはたいした問題ではないのである。

いちばんひどいのが時間によって一方通行の方向が変わる、というやつで、あれは警察の違反点数稼ぎのために作られている「罠《わな》の道」と考えていいと思う。

そういう怪しい、曖昧な道はまず全廃して、もう少し本気で道路行政をフェアにやってほしい。住宅地の細い道を全て一方通行にしてしまえば、歩行者や自転車の人は運転の下手なクルマ二台のすれ違いにイライラすることもなく、一方通行の道を逆に歩いている場合は後ろからの車の接近に注意をはらう必要がなくなりかなりのストレス軽減になるだろう。小さな子供にも路地の歩き方を教えやすい。そういうことをどんどんさっさとやるのが福祉国家への志向なんじゃないの。

警察は地域の交通安全を本気で考えているのなら「優しさと笑顔が走るこの町あの町」なんて幼稚な交通安全標語ばかり貼って安全運動したような気持ちになっている交通安全協会あたりの尻を叩《たた》いて、いますぐ都会の路地の一方通行作戦に立ち上がっていただきたい。それだけで本当にずいぶん交通事故は減ると思うんだ。簡単なことではないか。

交通安全週間になると警察はドライバーばかり取り締まっているけれど、さっき言ったように「信号」とかそれが「赤」になる意味「青」になる意味を知らない全国の突撃自転車の人々をそれぞれ地域ごとに集めて、丁寧にその意味を教える教室をひらいていただきたい。

自動車を運転しないと「優先道路」の印や車線変更禁止エリアやUターン可能とか不可能の交差点の道路標示などを知らないから、そういうことも都会の道を自転車で突っ走る人の自衛策として必要だろうと思う。

東京の首都高速は路肩のほとんどない路《みち》を車間五メートルぐらいで一〇〇キロ以上のスピードでみんな飛ばしているんだよ、と地方の人に言ったら「まるでカーレースみたいですね」と言っていた。やっぱりどこからどこまでも日本のクルマ社会は異常なんだろうなあ。

旅の宿から

ぼくはよく日頃の飲み仲間と遊びの旅に出る。大体十人前後の男たちだ。旅に出て何をやるかというと、今は釣りとキャンプと焚《た》き火だ。むかしはカヌーの川旅や海へのダイビング旅などが多かった。いずれにしても夜はみんなで酒を飲む。そういうことを三十年以上やってきた。

事情によってテントが張れず、民宿などに泊まることもある。自炊の必要がないから楽だがそのぶん手もちぶさたでつまらない。自分らでめしをつくるのは手間がかかるが、それなりに面白かったりするからだ。なにより民宿では焚き火ができない。めしの時間まで暇なのでみんなで寝っころがってテレビを見る。ただ見ているだけでは面白くないので十年ぐらい前によくやっていたのは、連続ドラマの再放送なんかの音を消して、みんなで自分の役を決めて勝手なセリフを言い、自分らのドラマにしちゃうことで、これがけっこう面白かった。

あるとき全部「便所」の話に統一した。

男が部屋に入ってくる。発作的にそいつの役になった誰かが言う。

「あの、えと、便所貸してください」

部屋で服をたたんでいる女が顔を上げて言う。

「いいけど、どうしようかなあ。うちには沢山便所があるのよ。で、みんな借りにくるから大変なのよ」

まだ女が口をパクパクしていると何か話を続けなければならない。そいつの技量が試される。女は何か考えながら話している。

「そうねえ。いま何人ぐらい入っているかしら。どのくらいだと思う?」

いい具合に男の顔のアップ。笑っている。

「五人かなあ。それとも八人かなあ」

女怒った顔になっている。

「そんな。なめないでよ。十六人よ」

画面の端からいきなりおばあさんが顔を出す。派手な服を着ている。予測がつかないのでおれらは緊張する。おばあさんは頭を下げておじぎしている。いきなりおばあさん役になった奴《やつ》が言う。

「どうもありがとうございました。おかげでさっぱりしました。このご恩は一生忘れません」

男も女もなにか言っているので、口合わせのタイミングが大変だが、これも勝負だ。

男「じゃあもう便所ひとつあきましたね」

女「あんたには貸してないわ」

男「そんな。お願いしますよ。いまもう切羽詰まって大変なんですよ」

おばあさんが男になにか荷物を渡している。

男「これ、紙ですね。ありがとうございます。ずいぶん沢山ありますね」

おばあさんがまた頭を下げて何か言っている。

おばあさん「どうぞ好きなだけいっぱい使って下さい。このご恩は一生忘れません」

男「ほら、おばあさんもこう言っているんだから」

いきなり子供が部屋に走って入ってくる。

おれたちのなかの子供役がいきなり決まる。

子供「ぼく出たよ。もういっぱい」

うまい具合に子供笑っている。

なぜかそのあとから男が入ってくる。本当のドラマではその子の父親らしいがおれたちのドラマではそうはいかない。

男「こんちは。便所を貸してください」

女、笑ってなにか言っている。

女「あんたならしょうがないわね。貸してあげようかな。いいわ。好きなように使ってよ。でもよごしたら怒るわよ」

偶然ながらそこで女が急にまた怒ったような顔になったのでおれたちは全員で感動する。くだらないけれど、これテンポがあって、いかにもそれらしい表情に合わせてそれらしいことを喋《しゃべ》れたときの達成感といったらないのである。

このあいだカヌーイストの野田知佑さんと七、八年ぶりに会って海辺でキャンプした。互いにむかし話になる。これまでいろんな川を下り、キャンプしてきたが、計算してみるとそれはもう二十年ぐらい前になる。

夜、渓流のそばで男たち七、八人と焚き火を囲み酒を飲んでいると当然だんだん酔ってくる。気持ちよくなってうたた寝していると、いきなり両足を摑《つか》まれて渓流にほうりこまれたことがあった。水は恐ろしく冷たい。怒って今度はこっちが同じように復讐《ふくしゅう》する。夏だし焚き火があるからなんとかなったが、ある種の死闘だった。みんな若く今よりはるかにタフな時代だったから誰も心臓マヒなどにならなかったが、今やったら確実に誰か死ぬだろうなあ。

先週は愛知県、知多《ちた》半島の先にある日間賀島《ひまかじま》に八人の仲間と釣りに行った。三十年ぐらい前にここから伊良湖岬《いらごみさき》に行き、さらに漁船に頼んで神島《かみしま》まで行ったことがあるのを思いだした。当時は島旅に凝っていて、行き当たりばったりに島を訪ねキャンプしていたのだ。

神島は三島由紀夫《みしまゆきお》の『潮騒《しおさい》』の舞台になった島だ。そのときは海岸に夥《おびただ》しい流木があって、焚き火のやりたいほうだいだった。流木は海流で皮などきれいにそがれるので、どれも芸術的に美しく、わが焚き火人生でも超A級の品格のある炎に感動したもんだ。

ぼくはその頃の話をし「ひまか島の隣にはひまだ島があってな、その先がひまよ島なんだよ」と嘘《うそ》をついたが最初は三〇パーセントぐらい信用している奴がいたようだ。

島は一周五キロぐらいで、漁船がたくさんあった。漁業でなりたっているようだ。キャンプはできないので民宿。

堤防釣りをしていたが、みるからに何も釣れそうにないので、ぼくは堤防の上でずっと昼寝していた。このところ原稿仕事に没頭していたので、久しぶりの休暇的昼寝で、こんなにシアワセなことはない。

仲間はちゃんと釣りをやっていたがクサフグとかベラなどの雑魚しか釣れない。でも太陽サンサン。ビールをぐい。こういうのも小さな島旅にはたいへん贅沢《ぜいたく》な設定だ。やっと一人が三〇センチぐらいのカレイを釣った。風が冷たくなり、宿に戻る。

夕食まで中日対ソフトバンクの日本シリーズをみんなで見ていた。野球も一人で見るよりはああだこうだ言いながら大勢で見るほうが面白い。

三十代の元気のいいのが何人かいるので、夕食の食い方も半端ではない。今流行《はや》っているのは「マンガ盛り」といって、めし茶碗《ぢやわん》にごはんをチョモランマのように盛り上げて食う、どうしようもないタタカイだ。

わあわあやっているうちに夜が更ける。何時《いつ》までこういう気楽な旅ができるだろうか、フト考える。

初冬に南の島に行く

ここんとこ、仕事抜きの自由な旅というと、日頃の遊び仲間十人前後と連れだって関東近辺の海べりにテントを張り、焚き火をやってサケを飲む、という移動放浪者のようなスタイルに定着してしまった。

これでずっと移動しないで三カ月ぐらいそのような状態でいると、やがて行政や警察に強制排除されることになるのだろうな。「わたしたちは単に集団で停滞旅行しているだけです」と言ってもダメなんだろうなあ。

我々の食生活の原則は釣りを中心にした自給自足だが、獲物がなにもないときはスーパーに行って肉や魚など買ってきて、それで相撲界のチャンコ鍋みたいのを作ってけっこう喜んでいる。

二〇一一年のキャンプは残すところあと二回になってしまった。

十二月の二十九日から大晦日《おおみそか》までは一年の野外集団旅の総括の意味もあって、これはテントでなく、海岸べりの民宿でやる。

恒例「粗大ゴミ合宿」と言われているものだ。毎年二十名前後集まる。妻帯者が殆《ほとん》どだ。この時期は一年のうち各家庭は大掃除とか買い物とか正月の準備で一番忙しい。

それを逃れて、さして重要な用件もないのに親父《おやじ》たちが三日も合宿に集まってくるのだから、各家庭は、よほど理解ある優しい妻が「どうぞ行ってらっしゃい」と言っているか、その逆に全然頼りにも相手にもされず年末の忙しいときに家にいられるとかえって役立たずの粗大ゴミ扱いされているか、のどちらかだ。

二十名の親父どもの顔を見ているとこれはもう完全に後者なので「吉例・なこその粗大ゴミ合宿」といってもう十二年目になった。

そう、場所は「なこそながれて」の勿来《なこそ》である。その海岸に一軒ポツンとある民宿が会場になる。例の津波のときは一階部分が浸水したがコンクリート製だったので流されずに残った。よかった。

そこに集まって我々は何をするかというと昼間は宿の目の前に広がっている砂浜で野球をやる。途中、駅前のラーメン屋に行って大盛りラーメン。それから午後にまた二試合。みんなクタクタになって風呂に入り、ようやく宴会になる。当然ながらこのときのビールがどーひゃー！　クエッーッ的にまことにうまい。男ばかり集まっているから夜はなにかしらの賭け事。バカラなんかじゃないよ。どちらかというとバカダみたいなやつ。

そういう旅が主流になってしまったので、むかしのように一人でどこか知らない街を気ままに歩いて知らない居酒屋に入って……などというテレビでよくやっているような旅がしゃらくさくてできなくなってしまった。

親父が旅情を気取ってもしょうがない、ということにもだいぶ以前に気がついていた。もっともテレビの一人旅というのは絶対ありえなくて、その様子を撮っているカメラマンとかディレクターなどが隣に必ずいるからあの一人旅は嘘なのだが。

で、先日松山のホテルで一人で一泊しなければならなかった。仕事がらみだったのでしょうがないのだ。事前にうまい居酒屋を聞いたので仲間がいればそこに行くが、一人ではやや気後れし、ホテルの隣にデパートがあったのでその地下食品売り場に行った。

東京と違って閑散としておりました。惣菜《そうざい》売り場ではいろんなものがあるので思ったとおり目移りし、男らしく「これとあれ！　以上おわり」というふうに決められない。なにしろデパ地下なんてこの数年歩いたことがない。

ホテルの部屋でプロ野球、日本シリーズを見ながらビールを飲もう、と思っていたので、つまみ系の食品をどうにかやっと選び、ビール売り場に行ったら、いまどきの地方のデパ地下には三種類しかビールがないのですね。どの銘柄もいまいちだったので、外に出てコンビニを探した。今はコンビニのほうが断然沢山の銘柄を並べている。眺めているだけでなにか豊かな気持ちになってきた。ついつい買いすぎてしまいそうになったが、明日の朝の飛行機に遅れてはならない。

食品とカンビールの入った袋をぶらさげてホテルに戻る。考えてみると外国ではよくこのスタイルの一人乾杯をやっていた。あれは気ままでいいのだ。

丸テーブルをテレビの前に持ってきて、そこに酒の肴《さかな》系のおかずを広げ、プロ野球の試合開始とともにカンビールのプルトップをプチン。これから少なくとも二時間半から三時間は楽しめるというものだ。

翌日は松山空港から那覇《なは》に飛んだ。朝食は抜きにした。当然ながら那覇は暑い。ここで東京から直行便でやってくる二人の編集者と待ち合わせすることになっていたが、メールには飛行機が遅れる、と書いてある。

待ち時間にカウンター式の「沖縄すば」に入る。そばではなくクロウトは「すば」と言うのですね。それを注文し、カウンターに座ってワリバシをプチンと割ったところで「間に合いましたぁ」と言って二人がやってきた。ここから石垣島《いしがきじま》に行くのだ。那覇から四一〇キロ南西にあるから気温はどんどん上がっていく、小さな飛行機で約一時間。その日は石垣島泊まりだ。ここでは十五年ぐらい前に九十日かけて映画を作っていたから土地勘はまだ残っている。

サンゴ礁の群生する美しい海岸を埋め立てて飛行場を作るのだ、という今考えるとおっそろしく乱暴な計画が本気で進められていた頃で、我々の映画はそれに反対するプロパガンダを意図していた。製作者と出演者合わせて百人ぐらいの共同生活になったが、ぼくの合宿生活好きはこういうところから加速された気配がある。

その日は三人なので、島の知り合いに聞いて「まぐろ」のうまい「ひとし」という居酒屋に行った。沖縄近海もののメジ、キハダ系の生マグロなのでたいへんうまい。それに信じがたいほど安い。新鮮なのが十キレぐらい皿に並んで四百円。東京ならこれで軽く二千円は取られるだろう。もずく、うみぶどうもいい勝負している。ビールのあとは泡盛で、当然ながら文句ありません。

翌朝は「あんえい丸」に乗って西表島《いりおもてじま》へ。この小舟は強烈なエンジンでぶっとばし二十五分で南の果ての島に着いてしまう。ここまでくるとさすがにまだ完全な夏だ。旅における一〇〇パーセント晴れ男のぼくは「ぐずつき気味」の天気予報をたちまちのうちに「薄曇りときどき晴れ」にさせた。

ここではぼくの書いた『ぱいかじ南海作戦』という本が映画化され、いま撮影されている。ぼくがあこがれた海浜自由生活集団の話だ。だからお楽しみはこれからなのだ。

毅然たるいいわけ

このところ毎日サケを飲んでいる。分量は沢山だったり（六時間飲んでるとか）やや少なめ（自宅でカンビール二本）だったりするが、とにかく毎日なのだ。いつごろからかというと、ずっと前から。一日も休まずだ。しばしもやすまずサケ飲む男。堕落している。

でも朝や昼間はさすがに呑《の》まないし、飲んでるのはまずビールであとはウイスキーのロックぐらいだからワイン好きの人などに多い赤鼻のアル中まではいっていないと思うが、とにかく毎日欠かさず、というのはラジオ体操なら偉いかもしれないが、一般的日常の毎日ではちょっとまずいんではないかなあ、と思いつつ、しかし夕方になるとどこかしらで飲んでいる。

毎年強制的にやらされている人間ドックの検診でさほど肝臓関係が問題にならないのが心理的に後押ししているような気がする。人間ドックにいかなかったほうがよかったのだ。うーん。このへん判断が難しい。

一週間にせめて一日ぐらい飲むのをやめないといまに「どえりゃー」ことになるような気がする。風邪でもひいて熱でもでれば飲みたくなくなるだろうから、それを期待しているのだけれど、その風邪をぜんぜんひかないんだなあ。

こういうことを書くと、世の中の正しい人に「この厳しい時代に何をほざいているんだ」と怒られそうな気がする。風邪をひかない健康な体でいるだけで十分ではないか貴様！　と、上等兵どのにオコラレルような気がする。どうしてそんなふうに毎日飲んでしまうのか、ということを今回自分の胸に両手をあてて深く考えてみることにした。でも胸に両手をあてていると文字を出すキーが叩けないので「胸」は時々さわるぐらいで許してもらいたい。自分の胸をさわっていたって面白くないしなあ。ああ何を言っている。

毎日飲んでしまう理由のひとつは、結局自分は精神的に意志薄弱で、毅然《きぜん》としたものがないからなのだな、ということはわかる。

①でも今夜は自宅にいるんだしどうしても飲む、という必要がないんだから一切飲まないでいよう、と思っても夕食のおかずを見るとみんなうまそうで、これを肴に飲まないヤボがこの世にあるか、という気持ちになる。毅然と飲まずにいたいのだが、そういうまそうなおかずをつくってしまう妻に問題があるような気がする。せっかく毅然としようと思ったのにうまそうなおかずをつくってしまう妻がいけないのだ。

②それからわが人生、圧倒的に旅が多いことが大きな要因としてあげられると思う。どんな場所でも旅先で酒を一切飲まない、というテはない。以前、高野山《こうやさん》の宿坊に泊ま

ったときも夕食にはちゃんとお酒が出てきたからなあ。ましてや魚のうまい海べりの宿などに泊まったら縛られてサルグツワをはめられてしまってもなんとかして呑むだろう。我に毅然とした強い意志がないのではなく海の潮騒がいけないのだ。

③次に東京にいても取材とか打ち合わせというのはこの頃は指定されたホテルなどは服装からして面倒なので、みんないきつけの居酒屋にしてしまう。そのほうが写真を撮られるのでも、話をするのでも気楽でいい状況になる。

事務所で取材や打ち合わせということになるとなんだか「仕事」みたいで落ちつかないではないか。あっ、取材や打ち合わせも仕事であったか。でもはじめて会う取材者などは意味なく必要以上に緊張している純情な人もいるから、互いにビールでも入っていたほうが話が躍動する、という効用がある。したがってぼくの意志が弱いのではなく居酒屋にうまいサケがあるのがいけないのだ。

④週に平均して二日は新宿のいきつけの居酒屋にいく。そこにはたいてい知り合いの酒のみ仲間がヘビじゃないけどいろんなトグロをまいている。そいつらと飲むのは面白い。みんな利害関係なしの仕事をしているので、そのテの気をつかう必要がないからだ。だからぼくの意志が弱いのではなく、トグロ仲間がいけないのだ。そいつらがいなかったらその二日間は酒を飲まない日になっているのになあ。

しかし、どうもここまで書いたのを読み返してみると、酒をのんでしまう動機をぼくはみんな「誰か」のせいにしているような気がする。なんという適当かつ無責任な奴なのだ、といま自分の胸に手をあてて考えている。やはり問題は「意志」なのだ。しかしぼくにもかつて強い「意志」があった時代がある。サケと同じように生活習慣の健康的な面から悪弊といわれている喫煙問題についてだ。

サラリーマンをやっていた二十代いっぱい、ぼくはヘヴィスモーカーだった。一日ハイライト二箱から三箱。三箱吸うと六十本ではないか。業界雑誌の編集長をやっていたので取材にいってインタビューする相手はたいてい年上の実業家だ。経済界では有名な人もけっこういた。そういう人の前でのインタビューはけっこう緊張する。それを誤魔化すためにいっぱしの顔をしてタバコをふかしていたのだ。今ほど喫煙に社会がうるさくなかった時代なのでそういうことができたのだが、思えばぼくはかなり生意気な若造だった。

座談会などやると司会をしなければならない。間をもたせるのが難しく、話をまとめるために考えているふりをしてタバコをスパスパ。二時間ちょっとの座談会が終わると喉が痛く、吐き気がした。あのままいったら確実に喉か肺か血管をやられてぼくはいま生きていないだろうと思う。

タバコをやめたのはその頃すぐに喉がやられて扁桃腺炎《へんとうせんえん》になり、たちまち三九度ぐらいの熱をだしていたからだ。医師から「タバコの影響が大きいですね」と言われてやめる決心をした。初めての禁煙である。

「禁煙ほどやさしいことはない。わたしはこれまで百四十五回も禁煙した」

なんていうたぐいの有名なコトワザがある。禁煙作戦の相談にのってくれた医師は
「とにかく水をガブガブ飲みなさい」というサゼッションをしてくれた。

「あんたの肺はいまタバコのヤニで真っ黒で、もしそれを取り出すことができるなら、あんたの目の前で雑巾のように絞って見せてあげたい。真っ黒なヤニ水がドロドロ出てきますからね」

などという「脅し」も効いた。

最初の二週間ぐらいが辛《つら》かった。わざと宴会の多い十二月に禁煙を実施したのだが、忘年会をやるとテーブルのぼくの目の前には小さくボキボキに折ったマッチ棒のピラミッドができていた。無意識のうちに内なる悲壮なタタカイをしていたのだ。あの頃は我にも「毅然」があったのかなあ。

全著書取り調べシリーズ

先日、ある雑誌で「作家の履歴書」というような趣旨の取材を受けた。どのような経緯で作家になり、通常どのような時間帯で仕事をし、収入の割合はどのくらいで、余暇には何をしているか。仕事中やそれ以外のときにどんなことを考えているか、というような多岐にわたる質問だ。

ありのままを言えばいいのだが、時系列に答えていこうとすると記憶が混乱していて、というか、何かのはずみでこんがらがってしまうと、気が焦りいたるところで辻褄《つじつま》があわなくなってくる。

取材は酒場で、取材者はなんと女性四人だった。これも心理的に普段にはない圧迫感がある。でも互いにビールを飲みながらのインタビューだから終始なごやかな雰囲気で、ちょっと間違えても笑ってごまかすことができるし、あとで（ゲラのときにでも）修正することもできる。

難しい質問が続くとビールからハイボールへと強い酒にいくのは心理的に逃げていたのかもしれない。自分のコトをセキララに語る、というのは案外難しいものだ。

話、少し変わるがぼくのホームページがあって（ぼくは自分ではやらないが）事務所のスタッフやその仲間が作ってくれている。そのなかのコンテンツ（ああ、この言葉使うの恥ずかしい）のひとつに、文芸評論家の北上次郎がぼくの全著作を最初の本から一冊ずつ読んで、全部検証評論していく、という人気シリーズがある。

毎週アップされるのは一冊ずつだ。ぼくがこれまで書いた本は、そのホームページができたおかげでやっとわかったのだが二百二十八冊もあった。もちろん二次出版や文庫は別だ。評論家の取材は月一回。毎回五、六冊ずつきっちり時間をかけてその本のつまりはモチーフ、内容、沿革、書いた感触などについての質問を受ける。全部終わるまで何年かかるのだろうか。

これはいつも事務所の物置兼応接間みたいなところで一対一でむかいあっての対話式になるが、なにしろ最初に書いた本は三十三年前のことであるから、順を追ってくるとしても最初のころの十年間ぐらいはまったく記憶はおぼろであったり、やっぱり話がこんがらがったりして、回答はしばしばシドロモドロになる。

対話に当初からハンディがある。

たとえば最初にぼくが書いた本は三十三年前であっても、評論家はつい最近読んでいるのだからおよそ〝勝負〟にならない。状況によってはそんな話、はたして自分は本当に書いたのだろうか、などというとんでもない混乱に陥ることがある。話が混乱してくると、評論家の質問が怖くなってきたりする。

なんとなく犯罪者が刑事とか検事などの取り調べを受けているような気分にもなってくる。辻褄のあわない脈絡を質《ただ》されて、しかも密室で長時間、同じことを何度も恫喝《どうかつ》するようにして質問されていったらこっちの神経が参ってくる気配さえ感じた。

「取り調べ」における容疑者の心理、というのはもっとずっと厳しく、取調官は執拗《しつよう》で、ときに恫喝しつつ机ぶったたきなどもあるのじゃないだろうか。またそれとは逆に無表情、無感情で調書にある事項をひとつひとつじくじく確認してくる、それだけに怜悧《れいり》薄情の気配が薄気味悪い検事もいる。じつはぼくは若い頃に街の喧嘩《けんか》で逮捕、留置され罰金刑を受けたことが二回あるので、この取り調べの実体験があるのだ。

あれは装置としての建物、部屋の雰囲気、話の段取り、その展開などで総合的に人間性を萎縮させるようにできているような気がする。

今回の文芸雑誌の取材やホームページのその取材が時間的に近接していたものだから、ついついむかしのその本物の「取り調べ」を思いおこしてしまったじゃないか。

文芸評論家は机をぶったたいたりはしないが、ときに身に覚えのない「嫌疑」をかけてくる。

たとえば先日は、ぼくが短編小説を書きはじめた頃の本が何冊か俎上《そじょう》に載せられた。

文芸評論家はある短編について、

「この小説は筒井康隆《つついやすたか》さんの○○○○に強く影響されているね」

と断定的に言った。その文芸評論家とは四十年近いつきあいだからぼくの読書歴や好きな作家やジャンルの嗜好《しこう》について非常に詳しい。

でも、実際にはそうではなかった。彼のあげた筒井康隆さんのその短編はぼくの記憶にもないほどだから答えはノーだ。

「いや、そんなことはないと思う。その小説の発想はぼくのオリジナルだったと思う」

ぼくは必死に弁明する。

「いや、エピゴーネンというわけではなくて、感覚的にインスパイアされている、ということはあると思ったけど……」

「いや、それはない。その小説はいきなり書きはじめて一晩でやっつけた。わが頭に次々にわき出てくる発想にペンが追いつかなかったくらいだったから、そのときの状況はよく記憶しています。発作的に思いついたバカ話です」

「ああ、そう」

「刑事さん本当なんです」

ついそう言いそうになった。

この取り調べ、じゃなかった、徹底取材でわかってきたのはぼくが当初からとんでもない多作家だったということだ。半年のうちに五冊ぐらい本を出している年もあった。いろんな雑誌に連載していたからそういうのがまとまると各社からどんどん出てくる。

ぼくはむかしから自分の本の出荷バランス調整などしなかったので、一度に三冊も自分の本が出てマーケットで自分の本らが「トモグイ」現象をおこしている、というようなことがよくあった。それは現在まで続いていて三十三年間で一年に平均六・九冊の新刊を出している計算になる。

それらのずんずん出てくる本の中にはいろんな雑誌に書いたのを一冊にまとめた、業界的には「寄せ集め本」という、まあ簡単にいえば志の低い本がある。評論家はそういう本をズバズバ指摘する。

「この本には五つの雑誌に書いたものが集められているね。でも六割は意味がなかったね。こんなのが当時どうして話題になったのかわからない。もっと考えて同じ系統のものを集めてじっくり出す、などということをどうして考えなかったのかね」

「でも、各社がどんどん作っていってしまうんです。わたしがそうしてくれと頼んだわけじゃなくて、いつのまにか本ができてるんです。わたしがやったんじゃないんです。知らないうちに本になっていくんです。刑事さん信じて下さい」

「うん、まあわかった。カツ丼くうかい」

とは言わなかったな。詳細はホームページで。

原稿職人の年末年始混乱期

これを書いているのは二〇一一年の十二月末で、十二月というのはわしらの業界では「年末調整」じゃなかった「年末進行」といっていろんな連載原稿が前倒しになって圧縮されてくる。

そのため週刊誌などは一週間に二週分の締め切りが来たりする。二誌の週刊誌に連載しているので空中戦のようになってしまって、そこで書いているものが年内に出るものなのか年明けなのかよくわからなくなってしまうのよ。しかしこの原稿を含めてあと三本書けば本年の連載仕事はおしまい、というのは確かなのだ。ヒヤヒヤヒヤヒヤ。でも、年末年始に百八十枚ぐらいの中学生向けの小説を書く約束になっているので、そんなにムジャキに笑っていられないのをいま気がついてしまった。

二〇一二年は光村図書の中学二年生の国語の教科書にぼくの書き下ろし短編小説が出て、別の会社の中学一年生の教科書にも短編小説の転載が出る。どちらもトップに出ているので四月は「チュウボウ＝中坊」の季節だ。そういうコトに関連しているのか来年は中学生ぐらいを対象にしたスポット的な仕事がやや増えている。大人向けの原稿などより枚数は少ないし、使う漢字も易しいだろうから気は楽だが、内容はかえって難しいコトになるかもしれない。

それにしても二〇一一年も、ずいぶんいろんな原稿を書いた。仕事熱心なじいちゃんだったんだ。本もいっぱい出してしまったしなあ。何本かの連載が終了したが、いれかわって何本かの新しい連載仕事が始まるから基本的な労働状況はあまり変わっていない。

このごろぼくは小説にしてもルポを含めたエッセイのようなものにしても四百字詰め原稿用紙で「二十枚」というのが感覚というか生産リズムに合っているような気がする。枚数交渉になるとたいてい「二十枚ならやれます」と言ってしまう。十数年前はそれではもの足りなく三十枚から五十枚でも平気だった。やはり生産機能の老朽化、錆《さ》びつき化がどんどん進んでいるんだなあ。

今週は、まあ成り行きで、こんな自分の仕事の話を書きはじめてしまったので、仕方ありません。このまま「うちわ話」でいかせてもらいたい。もうあまり話題ないし年の暮れでもあるしねえ。しかしこの号が出るのは新年だったかも知れない。いまだにそのあたりが正確にわかってはいないのだ。困ったじいちゃんだ。

で、話は二十枚だ。

なぜ二十枚がいいかというと、ぼくはモノを書くときたいてい五枚単位で話を構成しているコトが多い。これは頭のなかでのコトで、きちんとしたプロットを立てているわけではない。住宅にツーバイフォーというのがありますね。規格化された部品を組み合わせて一軒の家を作っていく。なんとなくアレに似ているような気がする。「五枚一ブロック」を四つ積み重ねると二十枚ものは完成する。これが五十枚もの、になると五枚ブロックを十個積み重ねなければならない。大変な作業で、クレーンが必要になる。

二十枚コースだと書きはじめて五枚ブロックを一気に二回書いたところで一休みする。もう半分まで来ているんだからこういうときは登山家だって少しホッとして休憩する。サラリーマンだって昼休みだ。サッカーだってバレーボールだってみんな半分で少し休む。

夜、昼に関係なく、ぼくはこの休み時間に体を動かす。ストレッチだ。十五分ぐらいけっこうハードなことをやっているから終わるとハアハアいっている。それからお茶のたぐいを飲んで、後半戦に入るが、残り二ブロックを一気にいけるときと、少しダレて、明日にしよう、と思うときがある。一日十枚書けていれば明日の展望は明るい。

二〇一一年は三カ月おきに百枚の連作小説を書いていたので、ツーバイフォーで高層ビルを作っているようなもんだった。あれから比べると今はしあわせだ。ただしそういう二十枚ものが、いまは月平均五誌あるから、枚数的にはほぼ同じなんだな、と今、気がついた。

週刊誌コラムはもっと短い。この「ナマコ」は一回が七枚だ。それが普通の月で四回あるから「二十八枚」。もう一誌の『週刊文春』の連載は一回が六枚なので「二十四枚」。これらの週刊誌エッセイは長いことやっているのでもう職人みたいな感覚になっていて、テーマも題材も締め切り直前になってなんにもなくてもあまり慌てなくなった。人間、追い込まれると嘘でも何か出てくるものなのだ、ということがわかってしまった気分だ。町工場の老職人の気分なんじゃ。

どんどんこういう超個人的なマイナー話になってしまったので、年の瀬の棚卸しみたいにして、もう少し内情を書いてしまうと、週刊誌のエッセイで、ぼくは時事ネタはまず書かない。あまり新聞やテレビを見ない、ということもあるが、大きな事件になると、週刊誌は当然それを大きくとりあげるし、時事ネタを主流とするコラムなどもこぞってその関連の話になることが多い。

そういうときにたいして思考力も分析力もないぼくのようなものが、その問題に参加しても部屋の隅のゴミみたいなもんで、ときおりの風に煽《あお》られてフワフワしているだけだからかえってほかの記事の邪魔になる。したがって世の中の動きと関係なく相変わらず生ビールがうめえだのラーメンが食いてえ、などと書いていて正しい人にバカにされる。でもいいんだ。映画だってテレビドラマだってそういう脇役が必要だ。

エッセイの七枚と六枚では微妙に書き方がちがってくる。六枚の『週刊文春』は途中に中見出しが入るので、なんとなく前編、後編のような書き方になる。上・下というふうな言い方もありそうだ。最初の三枚で「はなしの仕込み」、後ろの三枚で「受け」を意識したりする。いまや原稿生産町工場の老経営者兼老職人みたいなものでもう二十年以上もやっているからそのへんのコツは体のなかに入っているようだ。つまりは話の部品を効率よく旋盤やハンマーで製品にしていく要領だ。

ワープロで書いているのでフロッピーディスクに製品が納まっている。朝になると近くにある事務所に歩いてそれを持っていく。

「納品」である。

事務所のアシスタント嬢に朝のコーヒーなどいれてもらってその日作ってきた製品（締め切りが重なっていると複数ある）を納入し、受領伝票を書いてもらって（これはウソ）その日の仕事のデータ（つまり部品とか原料ですな）を貰《もら》い、老経営者兼老職人は下駄《げた》を鳴らして町工場に帰っていくのである。

おばさん会話に未来を

仕事柄いろんな人と会う。初対面の数人と取材のうちあわせや、親しい人と酒飲みながらの四方山話《よもやまばなし》。いろんなケースがある。話の内容に加えて、場所やそのときの人数によって状況、状態、雰囲気は微妙に、しかし「はっきり」変わる。

初対面の数人とホテルのロビーでの話は互いに申し述べたいことを交互に言って確認、それがすめば別れるから一番話が早い。ただしあまり面白くはないけれど。

酒場などで話すとき、立場の違う三人、というのがいちばん無難なようだ。一人が話していると他の二人はその人の話を聞いているからだ。たいてい雰囲気はおだやかで平和だ。

ただしガニメデ星人とヒマラヤのイエティとアマゾンの半魚人、などという組み合わせの場合ちょっとした話の行き違いで、三者ともそれぞれの頭の噛《か》みちぎりあいになったりして、運が悪いと酒場だけでなく街そのものが消滅したりする。立場の違いや組み合わせによって「集まる場所」の選定は難しい。

ぼくは新宿の馴染《なじ》みの居酒屋に三日にいっぺんは行っている。用件は主にふたつあって、ひとつは仕事の取材（インタビューを含む）を受けるとき。むかしは事務所やホテルのロビーなどでやっていたが、居酒屋のほうがビール飲みつつ話ができるし、気持ちも楽しくなるから、相手側に異存がないばあいそうしてもらっている。写真の撮影があるときなどホテルでは撮影はできないからわざわざ外に出て知らない人の通過する街なかで撮られたりするとさらにいやだ。馴染みの居酒屋ならいつもどおりの光景なのでなんでもOK。

この居酒屋でもうひとつの用件はただ日頃の遊び仲間とそこで飲む、というだけの話だがまあこれが一番楽しい。

しかしこの親しい仲間酒も人数は五、六人ぐらいがいい。十人になると誰か一人の話をみんなが聞いている、という状況にはなかなかならない。あっても最初の三分間ぐらいだろうか。

じきに隣同士の数人ずつに話題が分かれ、改めて眺めると時間をきめてこの十人がひとところに集まる必要はなかったんじゃないか、と気がついたりする。

よく喋る奴と、黙って聞いているほうが多い奴、という逆タイプの組み合わせも微妙だ。仲がよくて趣味が合うならたいへんしあわせな状態だろうけれどそうでない場合、いままで黙ってずーっと聞いていたほうがいきなり立ち上がって喋り続ける向かいの奴のクビを絞めたりする場合だってある。

居酒屋で何がいやかといって女たちの嬌声《きょうせい》ほどうるさいのはない。ほんの十年ぐらい前にはカタギと思えない人たちなら度々見たが、いまはそこらのフツーのガキ娘らが数人で居酒屋でいっちょまえに飲んでいる。

このねえちゃんたちは居酒屋の暗黙のルールを知らないから酔ってくるといきなり絶叫したりバカ笑いしたりして幼稚園的風景になる。しかもその喋りかたが（今の日本の若い娘の喋りかた全般だが）実はこの世の中で一番キタナイのではないかと思う。ガキ娘を居酒屋からほうりだしたい。それを実際にやってしまうと事件になって新聞に出ちゃったりするからガニメデ星人に頼むしかないか。

このガキ娘の周囲への状況判断ゼロの習性はそのまま大人まで持ち越され、さらに醸成凶悪化し、おばさん集団の恐怖の巨大声のエンドレス会話へと成長していく。

おばさん語法がなぜあのようにうるさいのか、だいぶ前からその理由を突き止めてある。フレミングに左手の法則があるように「おばさん語法」にも厳然とした法則がいくつかある。まず第一法則は「おばさんの話はいったんはじまると止まらない」。

それに密接する第二法則は「おばさんの話には起承転結がない」。つまりダブルでストップ機能がついていないのである。

このためまわりにいるおばさんたちは話が終わるのを待っていられなくてその話に突如介入する。

「そうなのよ。だからわたしのところなんかはね」などという介入だ。

しかし問題は「そうなのよ」と言いながらぜんぜん今の話の話題を引き継いでいないという第三法則である。そしてその新規介入話は第一法則を継承する。つまり止まらない。会話は複数でしているが、話が継承されていかないから限りなく続いていく。したがって第三法則は「おばさんたちの話はエンドレスである」であり恐怖の第四法則は「おばさんは疲れを知らない」ということである。

もっとも近頃は「おじさんのおばさん化」もそうとう進んでいて、ぼくの先輩にも何人かエンドレス化の道をひたすら進んでいる達人がいる。とくに定年退職してしまったおしゃべりなかつてのサラリーマンは喋るのがエネルギー摂取のようになっている場合があり、そういうことを知らない青年をその人の前に座らせて逃げられないようにすると、やがて青年の顔は青ざめ冷や汗が流れ、翌日から三日間寝込んでしまったりする。

ぼくは思うのだがこれからますます増えてくるそういう老人が保育園や幼稚園に再就職できるシステムをつくればいろいろいい状況になるのではないか——ということである。

新入りのまだ子供みたいな若い保育士よりも子育てや孫づきあいの経験豊富な老人のほうが、なにかと知識豊富で、咄嗟《とっさ》の事故なんかの対処も経験があるぶんだけ的確で早いように思う。危険察知も歳《とし》の功が期待できる。そして老人の繰り返し話も子供たちには役にたつかもしれない。

今の教育システムはどこか歪《ゆが》んでいて、キャリアや肩書だけは立派だが講義は五十年前のものを延々とリピートさせているだけの大学教授なんかを「ご苦労さま」にして、保育園や幼稚園に再就職させ、大学には若く革新的でグローバル化に対応できるイキのいい教授をどんどん登用していく。

幼い子供たちを相手にする仕事の日々となれば、老人の長く暇で孤独な日々は明るくエネルギーに満ちたものになるだろうし、おしゃべりな老人も幼い子には喜ばれるかもしれない。ヨーロッパのどこかの国でこれと似たことをやってかなり「成果」を得た、という記事をむかし読んだことがある。

原発の事故で未来の子供たちにあれだけのリスクをあたえてしまったこの国は、もし本当に文明国だというなら、増加する独居老人や、未来が不透明な子供たちの今後に責任がある。そのためには今年あたりが教育革命のチャンスだ。それでこそやっとおばさんたちのエンドレス会話が役にたっていくというものである。

4
着脱自在人工胃袋の洗濯

二〇一二年。日本の誇れること

年始年末のテレビ、新聞はつまらなかった。なんともいえない「疲弊感や喪失感」に満ちていて、やはり東日本大震災の現在進行中〝戦後〟という沈痛な澱《おり》がじわじわ堆積してきている感じだった。

次々にあきらかになる原発がらみの隠蔽と欺瞞《ぎまん》体質の連続は、戦後の戦犯の所在と証拠が次第に明確になっていく過程を連想させた。しかしそれなのに惨憺《さんたん》たる被害者はいまだに弱者の立場で、戦犯にたいして何も報復できていない、というもどかしさと腹立たしさがある。日本が自国の度量で本当の責任者を裁けない「腰砕け国家」になっているからなのかもしれない。

佐高信《さたかまこと》さんが以前『サンデー毎日』のコラムに書いていたが、イタイイタイ病や水《みな》俣《また》病の責任当事者がやがて告発されたように、原発関係者への法的な責任追及がそろそろ本格的に始まっていいのではないだろうか。そういう方向にむけてたとえば我々は百万人の提訴などに踏み出していいのではないだろうか。昨年、ぼくはそういう運動と思考にむかうきちんとした組織に加入した。被害者である国民にまともに対応できない日本は、腐敗した欧州や中東、ひところの動乱アフリカ国家と同じような爛《ただ》れたB級国家として泥沼に沈んでいくしかないような印象が強くなっている。

今週は「ナマココラム」としては珍しくシリアスなことを書いているが、年があけても一向に世の中が重たい霧に覆われているような鬱屈感に満ちているので、ついつい慣れない硬派文体になってしまった。

思えば昨年の暮れ、この連載コラムに、ぼくは所詮知識と分析力が乏しいのだから政治経済世相等の話題には近づかないでいます、などと書いたばかりだった。

そこで、B級国家に凋落《ちょうらく》したとはいえ、まだまだ日本が世界に誇れるものがある、という話を、新しい年の初頭にあたり、生活に隣接したみぢかなものを中心に無理やり書いて無理やり明るくなっておきたい。

常々思っていることなので、それらのいくつかは以前にここに書いているかもしれないが調べるのも面倒なので、安易に網羅的に総花的に書いていきます。タイトルとしては「まだかろうじて残されているジャパンアズナンバーワン」ということになるだろうか。

ランダムながら、

①は「水」だろう。二〇〇〇年代は地球規模の水戦争の時代と言われているが、日本

は世界でもトップクラスの水に恵まれた国だ。豊富な川資源。川へ水を供給する森林率がまだ七割台はあるということ。つまり日本はまだ山国なのだ。それらの山や川に定期的に水を供給する梅雨と台風の恩恵。カナダ、ノルウェー、インドネシア、ブラジルと並んで「水枯渇世紀」に、日本はまだ安全ラインにある。ただ豊富なものの中にいるとその豊かさに気がつかない、という間抜けな構造があって、日本のこの豊富な水資源がいつの間にか慢性的水不足であえいでいる近隣国家から巧みに吸い上げられて、気がついたら「水がめ」は空、という恐怖的事態も十分考えられる。

②はこれと密接するが、いまだにきちんと完備されメンテナンスもしっかりしている「国民皆水道」を実践し続けている緻密なインフラ整備の成果が上げられる。その国のほぼすべての家庭に「飲める」水を供給できる、というシステムの完備はヨソのすべての国に誇れることだと思う。

③はさらにこれに関連する下水のインフラだ。殆《ほと》んどの家庭が水洗便所になり、排泄物《はいせつぶつ》はレバー操作ひとつで瞬く間に「どこか」に消えていく。とりわけぼくがつくづく感心するのは、全国にある公衆便所の信じがたいほど清潔な管理である。駅をはじめ各種公的施設、ちょっとした町の公園などの公衆便所の清潔さは、まず間違いなく「世界最高」だ。

いつも綺麗《きれい》に清掃され、水洗のメカニズムはきちんと機能する。もし壊れたらたちどころに修理される。ドアには鍵がつけられ、これも壊れたらすぐに修理される。しかも親切なことに無料のトイレットペーパーが設置されている。近頃は温水シャワートイレが完備されている夢のような公衆便所も珍しくなくなった。世界には明日自分の排泄する場所が明確に決まっていないトイレ難民が二十七億人もいる、という事実が、このことをさらに際立たせる。

④道路がどこまでも整備されていて、真夜中の山のなかのスーパー林道などを六〇キロ以上のスピードでなんの心配もなく走れる。

ゼネコンの過剰な活躍という裏面もあるが、これによる安全は世界に厳然と誇れることだろう。途上国などは夜に山道を走るときはノロノロが基本だ。いつどこで道が陥没しているかわからない、というケースが頻繁にあるからだ。陥没して道の真ん中に穴があいていても、それが道路工事管理の組織の知るところとなっても、進入禁止の囲いや注意看板を掲げることさえしない国がざらにある。

⑤たいていの夜の町や街を普通に歩ける。武器も持たずガードマンもいらない。盛り場の大通りを酔っぱらった親父《おやじ》が数人ほろ酔いでフラフラ歩ける、という世界でもっとも安全な国だ。逆に世界でもっとも間抜けな夜の国ともいえる。

夜更けの午前二時頃に若い娘が住宅地の細くて暗い道を一人で歩いていける、ということも酔っぱらい親父のフラフラ歩きと同じくらい奇跡的な「安全国」として世界に誇れるはずだ。

ただしこの無防備安全はあまり世界の人に知られたくないことでもある。外国人の犯罪願望者が「そういうことなら」と大勢やってくる危険がある。
⑥宅配便の奇跡。以前ロシア人に、日本では北のはずれの港でとれた蟹《かに》を生きたまま翌日には南のはずれの個人の家に届けるシステムがある、といったらそいつは即座に「そんなことはあり得ない。嘘《うそ》に決まっている」と言った。その話はそのあとどう説明してもカケラも信じてくれなかった。「ロシアでは鉄道の貨車が年間一千台も行方不明になるんだぞ」とそいつは意味なく誇らしげに言った。バカなのだ。
南米の人もこんな話は信じないだろう。個人あてに送った品物は、その国のもっとも金のかかる保証郵送制度（配達証明のようなもの）を使用しないかぎり、相手に到着するかしないかは「運」による。

昨年ぼくは本を数冊関西方面に送ったが、先方には届かず珍しく行方不明になってしまった。送り状の伝票があるから追跡調査を依頼した。それが一カ月半かかって先方に着いた。どこでどう迷っていたのかわからないが、それだけのロスタイムをへてもきちんと相手に届いたことに感心した。ロシア人はそれを聞いても「魔法使いが届けただけだ」と言うのだろうけれど。

いい賭け事、よくない賭け事

原稿がなかなか書けず、ぼんやりしたマナコで仕事机の上のティッシュペーパーの箱を見ていたら、少し前に百億円ギャンブルでだいぶ話題になった製紙会社のものだ、ということに気がついた。

こういう薄い紙を作っている会社のトップが、もう少し厚いのに刷ったお金という「紙」で常人にはちょっと想像もつかないような巨額の「勝負」をしている、というコトに嫌悪感を抱いたのはなぜなんだろう。

これまでわが人生で出会ったヒトはいっぱいいたがギャンブルについては「もの凄《すご》く好きなひと」と「わりあい好きなひと」の二種類に分かれていたような気がする。

もの凄く好きなひとはさらに「好きで強いひと」と「好きで弱いひと」の二種類に分かれる。でもこれはどちらも少数派で「好きでときどき勝ったり負けたりしているひと」が大多数なのではないだろうか。つまりみんな勝っても負けても賭け事が好きなのだ。ぼくのまわりにいる二十人ぐらいの年齢、職業バラバラの友人たちを見ていると、見事にコレが当てはまる。それにしてもギャンブル好きは男が圧倒的に多いのも謎である。

　これは狩猟や漁師の仕事に関係していたのではないだろうか。大昔から男たちは暇になると何かにつけて賭け事をしていたんだと思う。海や川に潜っていって大きい貝を沢山とってきた奴《やつ》が勝ち、などという単純な賭けは今でもキャンプに行った男たちがやっている。おれたちがそうなんだけど。

　その昔、こん棒や投石で狩りをしていた時代には「太陽が昇って沈むまでウサギを何羽捕まえられるか」なんて賭けをやっていたに違いない。で、賞品は「自分の女」だったりする。相手の「女」をよく見ずに賭けると、勝ってから賭けの賞品を見て「しまった、勝つんじゃなかった」などと悔やんだりして。

　そういう賞品の「格差」を無くすために両者に共通の「価値あるもの」が必要になり、はじめて「カネ」の概念が生まれ、海べりに住むものは「きれいな貝」だったり、山に住むものはカモシカの角とか猛獣の牙だったりしたが、やがて海と山の者が賭けをするときにひと騒動おきる。

「タカラ貝十個で火食い鳥のカカト一個」

「火食い鳥捕まえるの命がけ。お前らは貝拾うだけ、苦労が違う。タカラ貝三十個よこせ」

「それじゃお前のほうが話うますぎる。火食い鳥のカカトに何かつけろ」

「じゃタランチュラの干物一匹つける」

「まあそれでいいか」

などという会話が常になされる。こじれるとイクサになって死者が出たりする。そこでやがて両者に共通の価値観をもたせられる「石を丸く削った石貨」などというものが登場する。

この石貨の本物を見たことがある。パラオ島の酋長《しゅうちょう》の家の庭にあった。直径一メートルぐらいあったから、あれで何か買い物に行くときは十人以上の人々が転がしていかなければならなかったろう。

価値はどのくらいか、酋長に聞いたが自分が生まれる前から庭にあったからよくわからない。たぶんこの家より高いと思う、などと言っていた。

貝の貨幣はパプアニューギニアのニューアイルランド島で見た。驚くべきことに現在でも使われており、ぼくの泊まったコテージの隣の家がその貝の貨幣を作っていた。奥さんと旦那の二人でだ。家内制造幣局とでもいおうか。

面白いので見にいった。小さな巻き貝（一〇ミリぐらい）の頭と尻に穴をあけて丈夫な紐《ひも》を通し、ピンとひっぱって刃のぬるいカンナのようなもので水を潤滑剤にしてその全体をびっしり同じ太さの貝の丸紐にしていく。

綺麗な貝の詰まったネックレスのようなものだ。

これはいまでは主に観光客のおみやげ用になっているそうだが、それを通貨として税務署に納税することができるという。

十ドルぶん買ったら四〇センチぐらいのを渡してくれた。なかなか立派で十ドル紙幣よりずっと価値があるように思った。

むかし、立派な男と言われるものは、

①走らせたら誰よりも速い。

②障害となる立木があったら素早く飛び越えられる強靭《きょうじん》なジャンプ力。

③逃げる獲物の急所に的確に石をぶつけることができる投擲力《とうてきりょく》。

④おなじく逃げる獲物に尖《とが》った棒を突き刺すことができる投擲力。

⑤暴れる獲物を取り押さえる腕力。

——などによって判定された。すべて「獲物を確実に捕まえる体力と技」が問われたのだ。これはたちまち「競争」という「見せもの」になり「賭け事」の対象になった。

たぶんマツリなどにこういう村の足自慢、腕自慢、技自慢が登場したのだろう。人々は誰が一番になるか当然ワイワイやって当てっこをする。そこらの石にこれはという「選手」と自分の名前など書いて木のウロなどに入れる。

予想の当たった者には主催者からブドウひとかかえなどがアタル。

①の「走る」技は今のオリンピックの短距離走になっていった。

②は、走り幅跳びだ。

③は、砲丸投げ。
④は、槍《やり》投げ。
⑤は、レスリング。
走り幅跳びにはそのうち頑丈な棒が登場し、それを使うともっと高く遠くに跳べる。棒高跳びの登場だ。

これに「馬」が加わる。たぶん最初は乗馬競走だが、そのうちスティックを持って鹿の頭なんかを打ち合って敵陣の的に入れる。

むかしのオリンピックは男だけのタタカイで、これは戦争のときの力くらべの背景があったらしい。「近代五種」(射撃など)はどこが近代なのかと一時不思議に思ったが以上の経緯を考えると十分「近代」だった。そのきっかけは馬だったのだろう。もしオリンピックがギリシャではなくアジアで始まったら、
①クワでたんぼを一番速く耕せた者。
②一番速くコメの苗を植えた者。
③一番速くそれを立派に育てた者。
④一番速くそれを収穫した者。
⑤一番速くおいしい餅にした者。
——などが競われるようになるだろう。

「農耕五種」だ。

勝負がつくまで半年以上かかるが、それにも必ず「だれが一番か」の賭けがからむ。賭けは選手のやる気を促すからだ。

製紙会社の例のように金だけで勝ったり負けたり、という賭け事に嫌悪感を抱く理由がこれでいくらか分かりやすくなりましたね。

駅弁の明るい未来にむけて

このあいだ新潟から帰るとき、状況的肉体的環境的に「駅弁とビール」の適切時間であった。これは嬉《うれ》しい。仕事は一段落したし、車窓から雪景色を見ながらの遅い昼食といこう。

例によって駅弁売り場で単純に迷った。ビールのツマミ主体に考えるならば「幕の内系」がいちばん相応《ふさわ》しい。あの小さくチマチマしていろんな種類の食べ物が集合しているオカズ地帯はビール向きだ。しかしそれではほとんど越後《えちご》の芸がない、といわれれば頷《うなず》くしかない。

いかにも土地ものらしい旨《うま》そうな駅弁がほかにも沢山あるからだ。で、迷う。

三、四人ぐらいの知り合いと呑《の》みながら帰るのだったらいろいろ気にいったのを各種取りそろえて車内に持ち込み、それぞれ奪いあいながら味をたのしむことができるが、一人ではなあ。つまり単品の「賭け」ということになる。迷った末に苦渋じゃなかった期待の決断を下したのは「炙《あぶ》り寒ブリといくら弁当」千百五十円であった。地ビールはたいていまずいものだが「エチゴビール」はうまいのでそれを買ってヨロコビの車内に。で、結論をいうと弁当は失敗だった。

まず「冷えきっている」のだ。これは雪によって冷えきった駅構内で売っているのだから予想はしていたけれど、冷たいごはんが歯にしみる、てぇやつだ。炙り寒ブリがその名のとおりさらに冷え冷え感に加速をつける。

見本では大きくてプリプリしていいかんじだった「いくら」の本物は貧弱で量も少なく、全体に失望感のまさるコノヤロ弁当だ。こういう失敗は「くやしい」。

この弁当は当初見たときから東北の「鮭《さけ》はらこめし」の亜流、というイメージがあった。「鮭はらこめし」は何年か前の駅弁コンクールで一位かなにかになった強者《つわもの》で、これは鮭の切り身とはらこ（いくら）がバランスよくごはんにちりばめられていて最後までうまい。

駅弁で失敗するとビールの味がとたんにワンランク落ち、車窓の風景も期待したほどではなくなっていくような気がする。本当はビールにも車窓にも責任はないのだから「炙り寒ブリといくら弁当」の罪は重い。

旅の多い人生だから、いくらかわかってきているのは、駅弁の本当の「うまさ」を決めるのは「ごはん」である。おいしいお米を吟味して真剣に上手に炊いたごはんがまず最初にありき、なのだ。よく炊けたごはんは北国の冷えた駅の売店で積み置かれ、さらに冷えていったとしても、暖かい列車のなかではなんとかなる。ごはんさえおいしかったら、本当の話、おかずはその土地の漬物や保存食などがチマチマ端のほうに並べられているだけで十分おいしい。

新潟などはましてや「うまいコメ」で売っている土地なのだから、人々は駅弁を買うとき深層心理のなかでそれを期待しているのだ。それが冷たいべちゃめしだったりした場合、民衆に「怒るな！」というほうが無理だと思う。

東京や大阪などのばあいは「ごはん」に自信がないからゴテゴテといろんなおかずを並べた「厚化粧弁当」で勝負しなければならないのは仕方ないが、地方の弁当こそ「本質」を追求するのが一番だと思うのだ。だってちょっとむかしの手製の弁当なんて、白い米の塩むすびにオシンコで十分うまかった。あっそうだ。ウメボシが入ったらスペシャルでっせ。あの「思想」を地方の駅弁屋さんは今こそ思いだしてほしい。

東京と大阪と地方都市のあいだに位置するような名古屋の駅弁でいちばんうまいのは、最初は「けったいな」と思った「天むす」に決まった。決まったといってもぼくが一人で言っているのだ。天むすもいろんな店が出していて格差が大きいが、名前はしらねど駅のそばの松坂屋のテナントに入っている「天むす」がとびきりうまい。こぶりのおむすびにこぶりのエビ天がはさまっていて海苔《のり》でくるんである。これも「ごはん」がうまいからいい勝負ができるのだ。それに天ぷらと海苔を加えるのだから黄金トリオではないか。キャラブキの「お供」も嬉しい。食い物といったらなんでもありの無法地帯の駅弁としてはもっとも良心的にシンプルにうまい。

今は年齢的なものでもう食う気はしないが、若い頃、本気でどうして「カツ丼駅弁」がないのだろう、と思ったときがある。いまでも冷たいごはんの上に形だけカツをたまごにからませたツユのほとんどないニセカツ丼を弁当として出しているところがあるが、あれだったらきっぱりとごはんの上にトンカツをおいてソースをかける「ソースカツ丼」にしたほうがいい。現在そういうのがどこかにあるのかもしれないが。ぼくはまだ見たことがない。

ドンブリ系を駅弁にしたもので成功したのは「うなぎ」だろう。うな丼は「うなぎ弁当」として堂々定番化したが、東海道新幹線で出てくる「うなぎ弁当」でうまい、と思ったことはただの一度もない。あの欠陥はいったい何に起因するのかいまだに謎だ。それならもっと西まで行って「あなご弁当」にしたほうが百倍はうまい。

今、まだあるのかどうか知らないが、ひと頃ケミカル熱源をつかって、弁当についている「ヒモ」などひっぱると弁当が温まる、という簡易「ほかほか弁当」があった。ぼくが試したのは「スキヤキ弁当」でそれなりに楽しみだったのだが、熱はけっこう強烈に本気で三分ぐらいで弁当全体が温まり、それと同時に煮えたスキヤキの匂いが車内のかなり広い範囲にひろがっていくのがわかった。あれ、ちょっと恥ずかしい。前の席の人に後ろ振り向かれたりして「そんなジロジロ後ろを見るなおめえ！」などと言いたいが、匂いを放散した当方にすべての責任はある。ああいうこまかい芸を弁当に応用するのは日本だけなのだろうなあ。

東京駅から出るときは大丸の弁当売り場で「おこわ」系のあつあつごはんにタラやサワラの西京漬けをのせたのを買っていく。これはうまいですぜ。そば、うどん系のものは列車で食う、というには基本的に無理があるからうまいためしがない。せめてアツアツの駅そばを特殊容器にいれて車内に持ち込めるようにしてくれたらなあ。

結局さいきんわかってきたのは、これは駅弁ではないが、家で作ってもらうカカア弁当が一番おいしい、ということだ。いろいろ注文をつける。海苔の三段重ねが基本。天丼にも海苔がまんべんなく敷いてあるやつ。一番上にタマゴ焼き。これうますぎていつ食うか時間ばかり気になっていかんわ。

着脱自在人工胃袋の洗濯

この原稿を書いているのはワープロで、若いヒトなどは「えっ、それなんですか？」などと聞いたりするから、急速に消え去りゆくキカイであるのはたしかだろう。富士通のこの「オアシス」というキカイはとうに製造終了しているが、それでもワープロを商売道具にしているモノカキなどはまだ沢山いるから、壊れたら直すか、中古を買うしかない。

でもその中古もなくなりつつある、という話を聞いて焦った。企業は経営効率ばかり追求してないで一度作り出し、宣伝して売り出したものは少量だけでも責任をもって作り続けてほしいんよ。

ドイツなんか五十年とか百年前の機械や道具をいまだに作り、売り、使っている例が多い。カメラや時計などのスタイリングも頑固に変えない。だから今の日本の作っては無くし、作っては無くしの循環は結局信用を無くし、その企業のファンを失っていくことになるのだと思う。いまその場で儲《もう》かっても長期的に見たら企業損失なんだと思うよ、社長さん。

今日の新聞を見ていたら「スマホで盗撮」という記事が出ていた。なにかと思ったらスマホは携帯電話というよりすでに携帯コンピュータだから、カメラつき携帯電話に装備されている盗撮予防の意図的なシャッター音（これ自体異様な装置だが）を消せるようにプログラミングして「えへへしめしめ」などと言って女学生のスカートの中を撮ったりしているのが捕まったらしい。でも「スマホ」なんて実に安っぽい短縮ネーミングで、こういうのもやがて次のあたらしいキカイにとってかわられるのだろうと思うなあ。

ぼくは時々三流SFを書いているのだけれど、少し前に携帯電話の未来についての小説を書いたことがある。携帯電話の大きな問題点は「忘れる」とか「トイレに落とす」などである。忘れ物のチャンピオンだった「傘」を、いまや携帯電話が猛追しているらしい。絶対忘れないようにするためにはどうするか。三流作家は予測するのだが、それは「埋め込み式」しかあり得ないのであろう。

ハイテクIT産業はさらに加速度的に進化していくだろうから、ほんの少し先の未来には携帯電話機能は厚さ〇・二ミリぐらいに超薄型化される。これをコメカミの上、毛髪の下に隠せるようにして皮膚下二、三ミリぐらいのところに埋め込み、各種神経組織と繋《つな》ぐ。起動電力はモノを噛《か》んだり喋《しゃべ》ったりする顎の動きで蓄積されるからバッテリーなどの補充の必要はない。つまりは生きてモノを食い、喋っているかぎりは永久蓄電。

皮膚下に入れるときに、まずは聴覚路である外側毛帯や横橋線維に内弓神経脊髄路を直結し、機能的起動とする蝶《ちょう》型骨突起と連携させる。このように書くとなにやら大変な手術を必要とするように聞こえるだろうが、何これは全部「出田羅芽」なこと言っているのだから、あなたそんなに心配することはないよ。とにかく簡単な手術で未来型携帯電話はあなたのコメカミにそれとわからず埋め込まれ、電話がかかってくると口蓋神経が感知し、これがガタガタ動く。つまり奥歯ガタガタだ。ひとむかし前のコントに「耳の穴から手ぇ突っ込んで奥歯ガタガタいわせたるで」というのがあったが、それに近くなる。

相手の声は接続されている後根神経節を伝ってあなたの鼓膜を直接ふるわせ、直接聴覚神経に入ってくるからまわりに漏れ聞こえて秘密話がバレたり、まわりから音モレで「うるさい」などと言われることは無くなる。相手の電話に答えるのは普通に喋ればあなたの口蓋の動きがそのまま埋め込み電話を経由して発信されていくのだからこんなに簡単なことないよ。でもこのシステムが一般化するといたるところで「ひとりごと」を言っている人ばかりになり、道歩いているヒトはみんな一人で喋っていてとてもおかしいよ。

アレ、こんなこと書いているとわたしの口調はなんだかオトナリの国の人の喋る日本語みたいでこれ不思議な現象でわたしなぜそうなるかぜんぜんわからなくなたよ。

なんの話をしていたのだっけ。

——そうだ。資本主義国における計画的収奪的物品消滅化策新規購入促進思想についてのいちゃもんであった。この考えのいきつくところは先端科学の人体改造強化で、これは携帯電話の内蔵化を未来の先例にして医学と先端科学が最終的に結びつくことを意味している。古くは入れ歯、コンタクトレンズ、補聴器、そして心臓のペースメーカー、ストーマ（人工肛門《こうもん》）などはそのもっとも尊いさきがけである。これからは足腰の悪い人に装填する補助パワー装置がもっと本格的飛躍的に開発されていくことだろう。また病院や自宅で介護の仕事をしている人向けの全身筋力補強器具のようなものも実用化が早く進むだろう。要するに「ガンダム」のモビルスーツのようなものをもっと簡易化して平和的にしたようなやつだ。

三流SF作家は、ときどき二日酔いになる。二日酔いのときにきまって思うのは、自分のヨタレまくった胃袋を取り出してその内側をタワシなどでゴシゴシこすって洗ってきれいにして干したい、というひたすらの夢だ。だから自分の書く小説では主人公にそうさせてしまった。SFに書くような未来には弱った胃袋を食道ごと人工のものに付け替えることができるようになっていて、二日酔いのときには自分で口の奥に手ぇ突っ込んで食道ごと人工胃袋をそっくりひっぱりだしてしまう。

でもって裏表ひっくり返す。

ゆうべのサケとアセトアルデヒドの臭いがむわあっとくるなか、消化不良のまま胃の内側の壁面にこびりついているカルビ、ミノ、カシラなどの茶褐色、焦げ黒、緑と白のマンダラ（ホウレン草ともやしがからみあっている）などという壮絶な焼き肉屋の残りカス。さらに帰りがけに意地汚く食ったラーメンの短いやつが何本も胃袋内側のヒダヒダなんかにへばりついていてナルトの粉砕されたものでしつこいのがその先にひっかかっているのがみえる。おお、いやだいやだ！　そういうのを人体専用微香料細密クレンザーなんかつかってサーッと洗いながし、きれいになったイブクロをまたのみ込む。

胃と腸をつなぐ幽門のところは体内磁石のようなものがちゃんと装塡してあって所定の位置に戻るようになっている。そうでないと、これから食うものが全部腹腔《ふくこう》にばらまかれてしまってあなたもうたいへんなことになるよ。腹の中、小さな龍《りゅう》が三千匹踊りまくるアカチバラチ型の腸捻転おこして三万五千回ころげ回るからたくさん注意しないと命たちまち無くなるからそれとてもこわいことよ。いけねえ、また隣国のヒトが出てきちゃった。

M9問題

四年のうちに七〇パーセントの確率で首都圏直下型の大地震がくる。という東大地震研の発表で、翌週の週刊誌はみんな大特集を組んでおりましたなあ。どこも恐ろしいことばかり書いてある。しかし、あの程度のデータと推測でこれほどセンセーショナルなことを断言していいのか、という別の地震研究学者の意見などもあり、読んでいるものはどう反応、対応していいかわからない。

これまで東海沖大地震がいまにも来るような記事はしばしば出ていた。富士山がまるで明日爆発するような記事もよく出ていた。でもまだ何もおきていない。そういう記事を忘れたような頃に今度のこの四年間に七〇パーセントという発表だ。この恐ろしい予測がどのようなデータと分析でもたらされたのか、ということを書いた何紙誌かの記事をじっくり読んだのだが、どうもシロウトにはいまいちうまくわからない。理系の友達に聞いても納得できるような答えがない。わしらはみんなバカだからなんだろうか。

天災は忘れた頃にやってくる、と言われるが、今は東日本大震災がおきてまだすっかり復興できていないときだし、このところしょっちゅう地震があるから「忘れる」どころかみんな異常なくらい「敏感」になり「恐れまくって」いる。だから天災のほうだって「いまはまだ早い、もっとみんな忘れた頃にやるんだ。焦らずにもうちょっと待て」などと思っているかもしれない。その伝でいえば少し安心できる。でも週刊誌の別の記事によれば、ついに日本中が地震活性化の時期にはいり、日本列島全体が地下五〇～七〇キロぐらいの岩盤の上でグラグラ揺れており、いまにも崩壊してしまうようなことも書いてある。お前そんなことといって地下五〇キロまでもぐって日本列島がグラグラ揺れているのを下から見てきたのかよお。

それからそんなことをいろいろ言われても、それじゃあわしらは何をどうしたらいいのか、ということについてはあまり書いてないのも困る。

我思うに予兆のポイントはいくつかある。まず近頃とみに姑息《こそく》になっている政治家どもがいつのまにか東京からいなくなってしまったときだ。同時にめだたないうちに皇室関係者がどこかに行ってしまう。あとは地震とか地殻の問題を研究している人がいなくなる。新聞が急に薄くなる。テレビの報道番組があきらかにオタオタしている。そのうち東京近辺の軍事基地から飛行機がいなくなる。いろんなＳＦを読んでいると、まあだいたいこんなところが要注意だ。ついでにネズミとモグラが一斉に箱根の山を越えたらもう駄目だ。

日本の政府は嘘ばかりだ、というのがいよいよあきらかになってしまったいま、我々はほかのことに頼らざるをえなくなった。

こういうとき、風水とか水晶玉とかタロットのおばさん、あるいは日頃から人類の幸福をうたい人類を救う、などといっている宗教関係のみなさんはいまこそ何かしてくれないのだろうか。幸せの壺《つぼ》とか掛け軸を売った人の責任はどうなるのだ。あんたがたがいまこそ活躍するときではないのか。でも返事がない。しかたがないので自分で生き抜くシミュレーションをしてみることにした。

もし建物が倒壊せず、天井なども落ちてこず、本棚も倒れず本の津波の下じきにもならず、倒れた柱の下に押さえつけられる、ということもなかった場合、焦って外にでないほうがいい、ということはそういう数々の体験情報で知った。

火事がすぐそばに迫ってきていないかぎり、あるいは水害などがない場合、地震直後は家の中の方が安全らしい。でも近くに住んでいる孫たちが心配だから、ぼくは自分が動ける場合、絶対彼らの安否を確かめに動くだろうけれど。と、思いつつも何かの下敷きになっていて動けない場合はどうするのだろう。そうだ情報だ。ベッドサイドに置いてある電池式のラジオで聞く。それにキャンプのとき使うヘッドランプをいつもそのあたりに置いてある。

壊れた家屋や家具などをどけるのに一番有効なのは大きなバールだった、と阪神淡路大震災のときの体験者の話を読んだのでそれと同じような機能をもつ冬山登山用のアイスピッケルを持っている。むかしアイスフォール（氷滝）を登るときに使っていたのだが、一本だけ残しておいた。これもベッドのそばの壁にぶらさげてある。

そんなものぶらさげておいてどうすんだ、という疑問を持つ人もいるだろうが、こういう時代だ。いつテロリストとか北のスパイがやってくるかわからないではないか。

これを使ってなんとか自力脱出できるかどうか。できなかったらそれでおしまいなんだな。もし動けるようだったら二階の居間にはやはり電池式のランタンがあるので三階の寝室から這《は》いおりていってそれらの灯《あか》りで荷物を集め、今後の行動判断をすることになるだろう。

火事や水害の危険がない場合、しばらく破壊された家のなかで被害全体の様子を調べることになるだろう。電気、ガス、水道は止まっているだろうから、数日生きていくてだてを考える。ガレージを兼ねた地下室に買い置きの水があるからそこまで辿《たど》りつくことを考える。ブタンガスのコンロと買い置きのガスが十本ほどある。食い物は食料貯蔵庫にある程度はある。三・一一以降、無洗米一〇キロを中心にひととおりの貯蔵食品を用意したのでそれを使う。ただしそこが破壊されていなかったらの話だが。

数年前に「水」だけを追う取材をしていたときに自宅の裏に風呂桶《ふろおけ》ぐらいある雨水タンクを設置したのでいつも雨水で満杯になっているのだが、空からの放射能がどうなっているのかわからないので、飲み水の代用とまでは考えていなかったが非常時は別だ。

これらで一週間ぐらいは生きていけるだろう。数年前、セダンからピックアップトラックに代えたのは、アメリカのパニック映画などを見ると後ろに荷台のあるピックアップトラックが避難用にはなにかと便利とわかったからだ。いまは魚釣りを主体にしたキャンプ用具全般を常に荷台に載せているので、家が倒壊してもコンクリートのガレージが壊れずそれ一台を動かせたらキャンプ用具でしばらくは生きていけそうだ。三・一一以降はクルマを使ったあとは必ずガソリンをマンタンにしておく癖がついた。キャンプ生活を長くやっていると被災地の外に逃げ出せたらとにかく有利になるだろうな、という実感がある。なにしろスコップまで載せてあるのだ。

ここまで用意周到なのはなんといっても近所にいる三匹の孫をじいちゃんはなんとか守ってやりたい、と思っているからだ。（生きていたら後編に続く）

じいちゃんは未成年か？

テレビ朝日のそばの大手コンビニでカンビールを二本買ったわけだ。するとレジの販売員が「なントカカントカ」と言う。若い人特有の早口なので最初は何言ってんだかよくわからなかった。「はあっ？」と聞き返すと「なんとかの確認を」と言っているのだとわかった。

そばに簡易ディスプレイみたいなのがあって「はい」とか「いいえ」とかいう表示があった。まもなくそれが、あんたは成人であるか未成年であるか、と聞いているらしいとわかった。ふだんあまりコンビニに行かないからじいちゃんにはそういうキカイがいきなり出現していて、そういうコトを聞いている、というのをすぐには理解できなかったのじゃよ。つまり「サケを買ったあんたは成人かどうか」と聞いていたわけだ。

こちらは成人というか老人だから「はい」のところをタッチしておとがめなしで通過したけれど、しばらく考えてしまった。

はじめてのキカイなのでよく分からず「いいえ」というところをタッチするとどうなるのだろうか。

「ではお売りできません」

などと言われるのだろうか。

「なんでですか？」

などと聞くと販売員の説明がある。

「未成年には酒類は販売できないことになっています」

などと言うのだろうか。

しかしそのヒトの前にいる客（オレのことだけど）は白髪まじりのじいさんなのだ。

「あの、んと、わし、未成年じゃないけん」

焦ってコトバ乱れる。そうこうしているうちにわしの後ろの行列はどんどん長くなる。よくわからないうちにどんどん迷惑老人と化していく。ふと老人化がどんどん進んでボケてしまい、このひと買ったカンビールをその場で自分の頭に注いでしまうかもしれない、と心配してくれているのかな、と思ったけど、まさかなあ。

未成年にサケを売らないためのチェック機能ということはわかるけれどサケを買う客全員にそんなことを聞いてどうすんだ、という単純な疑問を抱きながら、その日虎ノ門《とらのもん》のあたりを歩いたというわけですよ。

販売員はその客が成人かどうか判断に迷ったときだけ問えばいいんじゃないのかなあ。面倒くさいから全員にキカイ的に聞いているという可能性もある。

それから仮に十八歳のやつが「はい」をタッチしても「ホントはお客さんは未成年で

しょう」とは販売員はなかなか言えないのではあるまいか。

「ではそれを証明する何かを提示して下さい」なんてやってると、なんだか税関みたいになってくる。またもやレジの前に行列ぞろぞろ。

未成年の飲酒に厳しいアメリカのレストランなんかで、常に子供みたいに見られる日本人の娘グループなんかがサケを注文し、ウェイトレスにパスポートやIDカードの提示を求められているのをよく見るけれど、あきらかに大人と判断できる人にはそんなことはしない。あたりまえだ。

ほんのちょっと前までそこらの自動販売機で平気で一晩中カンビールを売っていたわしらの国で、いきなりそんなしかつめらしい装置を導入してどうすんだ、ということなんではあるまいか。思うにこれは日本人が大好きな「たてまえ」というやつで、そこにそういうキカイがある、ということがオモテ向き大事なのではあるまいか。

空港の手荷物検査場で、レントゲン装置に手荷物を預ける客の一人一人に「パソコンなど入っていませんね」と聞くのと似ている。

あんなのこそ自己責任で、預ける荷物にパソコンを入れていたやつがアホなだけの話なのだ。「ポケットの中などに金属類は入っていませんね」というのも相変わらず一人一人に聞いてる。クレーマー対策ということもあるのだろうが、あれを一日中客に聞いている担当者は疑問に思わないのだろうか。

そういうモノをポケットに入れていないかどうかを調べるのがあの逆U字型をした機械の役目ではないのか。金属探知機に引っ掛かればそれも本人責任なんだからあそこの係の人は黙っていればいいのだ。

金属探知機が反応したとたん「しまった」などと言って逃げるやつはみんなで捕まえればいいのだ。

中国の田舎の空港で体験したことがある。国内便だったが、搭乗ゲートの前にあの逆U字型をした金属探知機があってそれを通過する。それまで荷物検査はなしだったからおおらかだなあと思っていたのだがダマシ討ちみたいにドンとあった。そばにカゴがあってそこにウエストバッグだのサイフだの金属製品だのをみんな入れる。それから逆U字型のところを人間だけが通過したあとに、さっき外のカゴの中に入れたものをポケットに入れたり身につけたりする。つまりカゴに入れた物はそのシステムではまったくノーチェックなのだ。ウエストバッグにナイフが入っていたってピストルがあったってノーチェック。じつに間抜けにおおらかなのだった。

多くの国の入国カードには裏のほうにいろんな質問事項が並んでいる。あれをよく見ると「いま梅毒にかかっている」とか「この国でテロ行為をしたいと思っている」などという質問があったりするからうっかりYESなんて答えるとまずいんだろうなあ。とってもヘンな日本語の翻訳になっていたりするときがある。「いま梅毒にかかりたくないと思っています」とか「この国でテロ行為をはたらく意思はむずかしいです」などと書いてあってイエスにすべきかノーにすべきかしばし考え込んでしまったりする。

一九九二年にはじめてモンゴルに行ったとき、入国カードの文字は全部モンゴル語だった。まったくチンプンカンプン。一度モンゴルに来ている同行者に聞くと、英語でもローマ字でも日本語でも適当に書いておけばいいんだよ、という。ほんとかよ？　と思ったがそれしか方法はないのでこの欄はたぶん住所だな、ここは自分の名前でここは泊まるホテルじゃないかな、と本当にあてずっぽうで書いたらすんなり通関してしまった。なんなんだ。

二〇〇四年に行った何度目かのモンゴルで、はじめてできたスーパーを見た。入り口のところに係の男が十人ぐらいいて客が持っているもの（バッグからカメラまで）全部ロッカーに預けるようになっていた。モンゴルで初のセルフサービスだから万引きの用心らしい。そのわりには売り場には店員がいっぱいいた。何事も最初はマヌケになってしまう、ということなのかなあ。

「対談」は成功もしくは大失敗

　このあいだ数年ぶりにジャズピアニストの山下洋輔《やましたようすけ》さんと会って「対談」というものをした。場所は申し訳ないけれど、ぼくが入り浸っている新宿の居酒屋まで誘い込んで騙《だま》し討ち、じゃなかった、三顧の礼の後、ビールなどぐいぐい飲みながらだ。

　そのとき急速に思いだしたのだけれど、ぼくは山下さんとこれまでずいぶん異様なシチュエーションで「対談」というものをしている。一度は越前《えちぜん》ガニのとれる時期に福井の海を背景に岩の上にピアノを置いて、まわりを地元の太鼓叩《たた》きのあんちゃんおっちゃんがぐるりと取り囲む。

　山下さんがニューオルリンズにディキシーランドと越前節をまぶした即興のカニカニ音頭というものを激しく弾いて、ところどころで「カーニカニカニカニ！」と叫ぶ。それにあわせて太鼓を叩くあんちゃんおっちゃんが両手のバチを高くふりあげて全員越前ガニと化し「カーニカニカニカニイ！」と叫ぶ。「カニカニ対談」はそのカニを食いつつおこなった。

　京都の、もう忘れたけれどなにか大変有名な、ＮＨＫの「ゆく年くる年」に必ず出るようなお寺の本堂で山下さんとやはり「対談」というものをしたことがある。

一般参加者と大勢のお坊さん、あわせて三百人ぐらいが聞いている前で、なにかの拍子に外国における汚い便所とウンコとゲロの話になってしまい、あっこれはいけない、と思いながらも催眠術にかかったようにどうしてもそっち方向へ話がいってしまい、かしこまって聞いている大勢のお坊さんの前で半ば気を失いかけながらもなおもしぶとくその話を続けたこともある。あれはどっちがイケなかったのだろうか。

　ひさしぶりにお目にかかった山下さんは相変わらずここちよく渋さの加わったダンディぶりで、話も最初から最後まで面白かったけれど、困ったことにわが年代ものの腐れ手前脳味噌《のうみそ》頭では何を話したのかもう何も思いだせないのよ。

　思えばむかしからぼくは「対談」というものがあまり得意ではなかった。とくに初めて会う人には緊張する。世間からは誰とも平気でガハガハ笑いながらビール飲んでいるノーテンキなおっさんと思われているフシがあるけれど、まあハズレてはいないものの初対面のヒトの前ではそうもいかない。

　と、言いつつ、一時期いろんな初対面の人と「話」をしていたことがある。日本にまだＦＭ放送がＮＨＫと民放の二局しかなかった頃、ぼくは当時の「ＦＭ東京」で月曜日から金曜日の夜、毎日十五分間のＤＪというものをやっていたことがある。全国ネット。それも四年間も続いたのだからおだてられた木の上のブタだ。「ソニー・デジタルサウンド」という番組で、出始めた頃のＣＤを流していた。その頃は正しくコンパクトディスクとぼくは言っており、言いながらそれがどんなものかよくわかっていなかった。

月に一人か二人はゲストがやってくる。ラジオというのは一回の録音で一週間分、だから一回の録音で五日間にわけての対談だ。これが難しい。芸能界にまるでくわしくないぼくは、あるとき泉谷しげるさんがゲストだったとき「イズミタニシゲルさん」と言ってしまい「おれはトニー谷かよ」と激しく怒られたことがある。

かと思うと超有名な女性シンガーがゲストのときはその人にいきなり「ファンなんですヨ」などと言われてすっかり焦った。リップサービスかと思っていたらその後何度かぼくの好きな海苔三段重ねコロッケ弁当などをわざわざ作ってくれて、お付きのような人がスタジオに届けてくれるのでそのたびに感激した。外国へ一カ月程行く前などは三日間八時間以上もスタジオにこもりっぱなしで話を聞いていたこともあり体力戦だった。

プロレスラーのアブドーラ・ザ・ブッチャーがゲストのときは、マイクをはさんで目の前にちょっと触ればいまにも血が流れだしてきそうなぎざぎざの額があって、話を聞きながら、どうしてもそこに目がいってしまう。

ちょうど連戦中で毎日額から血を流していたから、そこらはちょっとした血の泥沼地帯のようになっているんだな、ということがよくわかった。当時は対ドリー・ファンクJr.相手のときフォークがもっぱらの武器だった。

「ドリーが本当に憎いんですか?」とアホな質問をしたら「もしあんたがドリーだった

らそこにあるあんたのコーヒーカップにクギとかガラスの破片を入れるよ」というプロの答えがかえってきた。自称スーダン生まれの根は陽気なブッチャーは手足振り回しての歌など披露してくれたが、テレビではないのがまことに残念だった。

作家の開高健《かいこうたけし》さんのときは、ものすごいイキオイでいろんなことを話すので、ぼくはまったく何も口を挟めず、七分で一話の区切りに「なるほどわかりました」と言って話題をかえるようにするだけで精いっぱいだった。語彙と話題の多い人には向いていない放送形態だったのだ。

かと思うと、質問にたいして殆どポツリポツリと答えるだけで、対話にならない男の歌手もいて、これも往生した。このヒトいったい何のためにここに来てくれたのだろうか、と悩みながらキレそうになってしまった。

結局四年間、いろんな人とそういう「対談」のような、単なる「インタビュー」のような、まあ一種のボーケンを体験したが、あれはあれで録音したものをきちんととっておけば、いまでは貴重な記録になるんだろうなあ、と思うのだが、テープを局の人に貰《もら》わなかった。もう三十年ぐらい前のハナシだしなあ。

「対談」は相手の人のことをよく知っていて、相手の人もある程度こっちをわかってくれている人でないと本当にかみ合う話にはならないというニュートン、アインシュタイン系の法則がある。

最近『聞く力——心をひらく35のヒント』（文春新書）という本を出した阿川佐和子《あがわさわこ》さんが、日本で一番の対談名手だろうとぼくは思う。一度CMがらみで「対談」したことがあるが、にこやかに話をすすめながら相手の核心部分をにこやかにズバリ聞いてしまう、という伊藤一刀斎みたいなヒトだということがわかった。つまり頭がいいのである。

そうなのだ。「対談」は究極は人間性と当意即妙の瞬間思考がぶつかりあうから、自分の考えや答えを持っていない人は無理なのだ。そのFMシリーズでは人気タレントほど狭いスタジオにマネージャーとか広告代理店のヒトとか、なんだかわからない人がいっぱい入ってきてなんだなんだ状態になるのも〝法則〟だった。山下さんと久しぶりにここちのいい本音対談をして、ついつい昔のことを思いだしてしまった。

5 人間発電所――を知ってますか

超早寝超早起きのモンダイ

いいのか、よくないのか、わからないのだけれど、絶対にフツーではないおかしな癖がついてしまった。まず、早寝である。これは「いいコト」ですよね。フツー。作家と農家は早寝早起きが一番。と、だいぶ前からさわいでいた。さわぐといっても一人でだけど。

夜更かし癖のある農業の人は早朝の仕事が辛《つら》いはずだ。効率的な農作業をするためには早寝してたっぷり睡眠をとる必要がある。

作家は文章を書くとき脳細胞を使う。夜更かしして疲弊した貧弱ミミズ脳で書くよりも、よく寝て少しでもチューンアップされた脳で書くほうが漢字が沢山書ける。思考の幅も広がる（筈《はず》だ）。それでなくとも歳《とし》をとるにつれてますます枯渇してきた残り少ない脳細胞である。限りある資源を大切に保護していくには、早く寝て、ゆっくり脳を休め、朝、原稿を書いたほうが効率的――な筈である。

ここまではいい。

しかし、最近の「悪い癖」というのは「早起き」のほうの問題で、これが極端なのだ。やたら早く起きてしまう。

老人性早起きとも違っていて十時に寝ると午前二時にはもう起きてしまうという「超早起き」が癖になってしまったのだ。別に小便などがしたくて起きるわけではなく、フト目が覚めてしまった、という起き方だから、普通ならすぐに睡眠の続きに入れる筈なのだが、そうはいかない。パキッと心身ともに覚醒してしまい、布団に潜っても金輪際眠れない。

目をあけて天井なんか見ている。三十分も見ていれば天井の構造はだいたいわかる。わかっても仕方がないのだな、と気がつく。

そんならもう起きよう。

かくて、この頃のぼくの起床は午前二時半あたりになってしまった。夜更けなのかスーパー早朝なのか判断の難しいところだ。

顔を洗い、歯を磨き、渋いお茶など飲む。

で、どうすっか。

となるが、やるのは「仕事」しかない。

さいわい、というか、ごくろうさま、というか常に原稿締め切りに追われている身だから、こういう集中できる時間に仕事ができるのはありがたいことだ。で、書きはじめる。

やがて七時前後になり、その頃には週刊誌ぐらいの原稿なら確実に終わっている。それから朝食だ。超早起きのヒトはかなり空腹であるから、これがたいへんおいしい。いいことばかりである。

新聞を見て、朝のお茶を飲んで、さてそれからどうすっか。ということになる。書いた原稿を事務所に持っていく必要があるが十時にならないとスタッフは来ない。それまでとりあえずやることがない。

裏庭に畑でもあれば耕したり雑草をとりに行ったり柿の実をもぎに行ったりするのだが、裏庭に畑はねえ。そもそも裏庭というものがねえ。前庭もねえ。柿の木もねえ。あったとしてもいまは冬だから実がなってねえ。なんにもねえ。おらこんなうちいやだ。おら東京さ行くだ。といってもここはもう東京だ。

そこで布団に入って本など読むことになる。深夜というか超早朝労働をしてあたたかいごはんを食べたあとだから気がゆるんでいてそのうちなんとなく眠くなってくる。いつしか、こころやすらかに寝てしまっている。三、四時間程度の睡眠しかとっていないからこれは当然の成り行きだ。

で、目が覚めるのがたいてい十二時頃だ。部屋中のカーテンをしめて寝ていると真っ暗だから電気をつけて枕元の時計を見る。

このとき、この十二時が、夜中の十二時なのか正午の十二時なのか一瞬わからないのよね。なにしろ毎晩十時頃には寝ているからねえ。

二時間の睡眠にしては、なんだか寝ているあいだにずいぶんいろんなことをしていたような気がするなあ、というオボロな記憶がある。で、天井を見ながら考えていると、いろいろ思いだしてくる。

天井の構造はもうよーくわかっているからモソモソ起きだしてくる。この覚醒は夜更けの「パキッ」とはちがって身体的にだらしなく、いかにも普通の朝、という感じなのだ。では朝飯を食わねば、と思うが、次第に「まてよ」と思う。もう自分は本日の朝飯はすでに食っているような気がするなあ、という気持ちになる。

で、妻にたずねたりする。

「オレ、朝飯食ったのかなあ」

これ、何も知らない妻からみたら典型的なボケ老人のセリフではないか。

最初の頃は「え?」と本気でソレを心配された。いまはぼくもわかっている。

この次に食うのは「ひるめし」である。

そのあとが「よるめし」で一晩寝てから食べるのが「あさめし」だ。

要するに、今のこの「超早寝超早起き」のサイクルは二度寝ということになり一日が二回あるような気分、感覚になっているのだ。

これはイイコトなのかそうでもないのか、今のところわからない。

このままでいくと感覚的に一年は七百三十日もあることになる。春も夏も秋も冬も普通のヒトの倍もある。ぼくがゆったり三カ月分ぐらいの夏休みを楽しんでいるのにフツーのヒトは一カ月しかないことになる。わはははは。世の中のやつらはなんであんなにセカセカしているのだろう。

そういう余裕が出てくる。

人間性にも反映し、何ごとも焦らず、ヒトの話もゆっくり鷹揚《おうよう》に聞いてやることができる。信頼感が増し、他人からの評価が高くなる。いいことばかりではないか。

しかし、フト不安問題もあることに気がついた。

フツウのヒトの一年を二年かかって過ごしているとアインシュタインの特殊相対性理論とフレミングの左手の法則で、ぼくだけフツウのヒトの二倍早く歳をとっていくことになるのではあるまいか。ん？　その逆かな。ん？　こういうことはわが腐れ手前脳味《のうみ》噌《そ》頭ではよくわからなくなっている。

個人的二交代制、というふうに考えればいいのかもしれない。日本と国交回復した頃の中国の工場などは一日三交代制だった。三人の八時間労働で休まず工場は稼働している。いまのところわが社はそこまで過密労働するほどの仕事の受注はないから、一人二交代制ぐらいで十分である。

ここでフト心配になったのは、この過酷な労働条件下で休憩はどっちがしているのか。それから今のように食事が三食でいいのだろうか、という問題である。二交代制だから六食にしないとまずいのではないか。でも食うヒトはあくまでも一人だからなあ。そうか。イブクロをふたつつければいいのだ。

賢い葬儀を考えるとき

ある雑誌で「死」に関する連載を続けている。夥《おびただ》しい数の関連書を読み、我が人生でこれまでに遭遇した肉親、友人、世話になった人などの死や葬儀のことなどを克明に思いだし再考した。さらに世界あちこちの旅の途中でけっこういろんな国の葬儀の実際を見ているので、それにからめて、世界各国による死生観の違い、葬儀、埋葬等でのしきたりの違いなどについて自分なりにその仕組みや意味などを考えてきた。

しかしそれを書いている日々というのはどうしても気分が重くなる。のめりこめばのめりこむほど、疑問や懸念にとらわれていく。

あるとき人間はこれまでどれだけの数が死んでいるのか、おおよその推計だけでも、と思ったが、人間は五百万年前から地球に存在し、それが年ごとに加速度的に膨れ上がってきているのだからコンピューターを使っても、インプットするデータがそもそも曖昧だから結局「ほぼこれまで生まれてきた人の数だけ死んでいる」というコトしかわからない、ということがわかった。不死の人は（たぶん）いないはずだから目下のところ、これが一番正しい答えなのだ。

それから葬儀というものは、概《おおむ》ね宗教を中心にしたその国の理念と習俗によって行われているもので、今行われている葬儀のありかたも「それが絶対」ということはない。全体的に見て、今はイギリスやアメリカのキリスト教信仰（影響下）にある葬儀がもっとも「人間的な」「敬虔《けいけん》なる」しくみと合理性のなかにあるのではないかと感じた。

葬儀には親族を中心にした故人と本当に親しかった人が集まり、正式な拝礼をし、一段落したところで棺《ひつぎ》を囲んで、それぞれの関係者が故人の思い出話などをする。それらの話のなかには笑いもあり涙もある。人間だから失敗もあるし、隠れた美談などもいろいろある。そんな話や賛美歌ののち、おごそかにみんなしてお別れの拝礼をし、納棺して墓地に送りだす。いたって小規模なことが多く、短時間ですむ。通夜と告別式を分けることなく弔電も香典もない。勿論《もちろん》戒名などもない。

別な国の別なある宗教のしきたりによって行われた葬儀はいくつものこみいった段取りのあと、大勢の参列者、葬送人を集めて明け方に打楽器や笛や宗教楽器にアンプで増幅された読経が炸裂《さくれつ》するすさまじいものだった。

葬儀を行う家の周囲三〇〇メートルぐらいに住む人はまだ黎明《れいめい》のうちに全員否応《いやおう》なく叩《たた》き起こされた筈だ。悪霊を払って死者を大過なく天国におくる古くからのしきたり、ということになれば、たまたまその日葬儀のあった隣の宿に泊まっていたぼくは、まだ暗いなかで叩き起こされても文句をいうことはできない。しかもそれが三日間続いた。

「死」は人生の最後を締めくくる最大の祭り（祀《まつ》り）という考え方を基本にしたら、いかなる習俗にも誰も異論ははさめない。葬儀の方法や理念がまるで自分の思うところと異なっていても静観しているしかない。それは世界に共通しているルールである。チベットの鳥葬、モンゴルの風葬、インドシナ半島奥地のジャングル葬、インドの水葬などは自分で見たり、近しい者（妻）などがまのあたりにしたものを取材してきたから、本や遠い伝聞などに頼らずありのままのホンモノを記述できたように思う。

いくつかの発見があった。チベットの鳥葬は、人が死んで僧侶による魂の解放の儀式「ポア」がすむと遺体はたんなる物体となる。魂は天空に解放されているから、残された物体としての遺体を空腹でさまよう鳥や犬などに「ほどこす」という考えだ。

けれど同じ鳥葬をするゾロアスター教は、人の死体をもっとも穢《けが》れたものとしてとらえており、土葬すると土が穢れ、火葬すると火が穢れるから動物に食べさせる、という考え方をする。

インドのガンジス河には水葬された遺体がかなりの頻度で流れてくるが、伝染病で死んだ人や自殺者、罪人や子供などは水葬はできず土葬となる。インド人は「まず火葬して焼け残った遺体」が神なるガンジス河に流されるのを最高の「死の結末」と考えているようだ。

古来、各国の葬儀のしきたりで一番大きな理念は「復活」「再生」である。エジプトのミイラ葬をはじめ屈折葬（膝を抱えた姿勢で棺に納められる）やアメリカで主流をしめる土葬なども、いつか神が降臨して再生するとき、自分の肉体がないと困る、という考えかただ。モンゴル人の遊牧民の子供が死んだとき父親は子供の遺体を袋に入れて住居（ゲル）の比較的近くに、わざと棄《す》てる。その夜のうちにその袋を狼《おおかみ》や犬などの動物があけて遺体のどこかを齧《かじ》ると、子供はいつかなんらかの形で再生する、と信じられているからである。

アマゾンではしばしば子供が行方不明になる。多くは誤ってアマゾン河に流されてしまった不慮の死だが、彼らは「森の精霊」に招かれたのでいつか帰ってくる、という希望をすてない。厳しい自然のなかである。そうとでも思わなければ親としてはやっていけない、という思いがあるからだろう。

世界各地に三十例ほどの、それぞれ異なる葬儀の実際を書いてきて、次第にぼくの思考のなかで積み重なってきた鬱陶しい澱《おり》のような存在になっているのが日本人の葬儀である。

ひとことで言うと、今の日本の葬儀のありかたは世界で一番「葬送する遺族の本当にしてほしいこと」から遠いような気がする。一番の問題は、日本人の大多数に本気の宗教心があるかどうか――に関係しているような気がする。

葬式仏教とよくいうが、それとて僧侶の読経を遺族や参列者の多くが「よくわからず聞いている」というのがよその宗教葬儀と比べてまず「異様」なことではないだろうか。

葬儀のあれこれは、我先にかけつけるいまや過当競争状態になっている「葬祭社」の、いかにもマニュアル依存の、まるでどこかへの団体旅行パックのようなカタログ見積もりから開始される。いきなりの家族の死に動転した遺族は結果的に言いなりになり、本当に必要かどうかわからない高価な葬儀のしつらえにむけてどんどんかれらのセールストークに乗せられていく。フランスでは互助精神が発達していて、こういう葬式業者の天井なしの予算どりなどが絶対できないようになっている。曖昧な僧侶への謝礼相場。いかに沢山の参列者を呼べるか——という遺族の意味のない見栄《みえ》。五百万円もの要求もあったという「戒名」のミステリー。日本の葬儀費用は文句なく世界一高く、そして世界一「実《じつ》」がないような気がする。

人間発電所——を知ってますか

いまちょっと仕事のことで迷っている。週に一回の新しい連載がもうじきはじまるのだ。半年ぐらい前から打診されていたことであり、そのときはまだ三年ぐらい先のコトのように思えたのでココロに余裕があり、胸を叩いて「いいでしょう、やりましょう！オレも男だ」などとつい言ってしまったのだが、三年たたないうちにやっぱり本当に半年で開始直前となり、来週その年間通しタイトルと通しテーマを提出しなければならなくなっているのだ。あのときかっこをつけて「オレも男だ」などと言わなければよかった。もっとも、「オレ、じつは女なんですもの……」などと言って身をよじっても全然説得力ないか。

考えこんでしまっているのは週刊の連載は本誌『サンデー毎日』のほかに『週刊文春』でもやっており、双方、微妙にテーマをわけて話の住み分けをこころざしている（つもり）。要は完全なルーチンワークに入っているのだが、これでもう一本の新しい連載の流れが入り、週三回の締め切りが毎週やってくる、という現実を目の前にして「あっ、どうすんだ！」ということに気がついてだらしなくうろたえている、というわけなのである。

一週間は七日あるけど実質的には二日に一回締め切りがやってくる。それだけではなく月刊、隔月、の小説やルポなどの連載もあるから、締め切りはときにして空中戦のようになる。

オレ原稿を書くのはどうやら好きみたいだから（でなきゃ三十年もやっていられない）それもいいのだけれど、あたらしく始まるその連載には一貫した「テーマ」というものが必要になる。しかも媒体にあうようなものがいい。

そいつは週刊誌ではなくて新聞の週一回のコラムである。といってもけっこう枚数がある。新聞は『東京スポーツ』。

テーマはなんでもいい、という最初の注文だった。『東スポ』はサラリーマン時代に帰りの電車で必ず買って読んでいた好きな新聞だから、つまりはかつての愛読者。その新聞からのオファーだから「やりましょう！」と胸を叩いてしまったのだ。ゴホゴホ。

若いサラリーマン時代、『東スポ』を愛読していたのはやはりプロレスが面白かったからだ。会社帰りの電車のなかで三十分は楽しめた。いまは通勤しなくなって三十五年だから、それはずいぶんむかしのプロレスの話だが、最近もときどきテレビで見る。

ケーブルテレビで「サムライＴＶ」を契約しているので、真夜中などに、いきなり中途半端に時間があいてしまうと見る。格闘技全般をとりあげるこのチャンネルは二十四時間なにかしらタタカイをやっている。途中から見ても面白いし何時《いつ》オフにしてもいい。

でも時系列に見ているわけではないから、いまのプロレス界はあまり知らない。沢山の小さな団体が入り乱れていて、インディ団体にはこんなので大丈夫なのか、と思うくらい細いのや太りすぎのレスラーもいてなんだか見ていて心配なときもある。終わったあとマイクをつかってレスラーがあれやこれやアピールするのもむかしはなかった。カラオケ世代を反映しているからなのかみんなけっこうマイクパフォーマンスがうまく、今にも歌でもうたいそうでちょっと困るんだなあ。『東スポ』を読み、週に一度ぐらいのテレビ放映をしていた頃はあんなのはなかった。だからタタカイはイメージとしてリアルだった。いまは喋《しゃべ》りすぎるのが軽薄で、あれによってプロレスそのものがさらにインチキくさくなってしまった。

プロレスの黄金期は、ぼくが小・中学ぐらいの頃だったろう。力道山《りきどうざん》プロレスだ。

あの頃は、ワールドリーグ戦というのがあって世界中から強豪が集まってきて、ちょっとしたプロレスのオリンピックだった。

ダラ・シンという精悍《せいかん》なテクニシャンはインド代表。巨大なキング・コングはマレー王者。タイガー・ジョキンダーは東南アジア王者。サイド・サイプシャーはパキスタン王者、ということになっており、我々子供らは（たぶん大人も）みんなそれを信じていたけれど、あの頃、アジア各国にそれぞれプロレス団体や協会なんぞなかった筈だから、要はレスラーの国籍、というだけのことで各国チャンピオンなんて関係なかったのだ。

でもそういうおぜんだてによって夢を与えてくれたのは事実で、それ以来、毎年「ワールドリーグ戦」が開催されるのが楽しみだった。

プロレスマスコミ『東スポ』などの煽《あお》りセンスもそれに大きく寄与した筈だ。

いまは、そういうことはなくなったが、その後やってくるレスラーにはたいてい大袈《おおげ》裟《さ》なネーミングとその人間離れした逸話がドーンとプロレスファンを魅了した。

メキシコ代表のジェス・オルテガは「狂える巨象」で、このネーミングはうまかった。ヨーロッパ出身の長身のプリモ・カルネラは「動くアルプス」で、ひげもじゃの原始人みたいなグレート・アントニオは、ジャングル育ちでたしか人語を理解できず喋れないというフレコミで、一日に生きたニワトリ三羽を五ガロンのビールで流しこむ、などと書いてあるのでぼくたちは本当に信じてしまった。だいたい「ガロン」なんて単位はよくわからないからドラムカン一本ぐらい飲んでしまうイメージだった。ブルーノ・サンマルチノという白人は「人間発電所」という、今考えるとよくわからないキャラクターだったが、こういう人が二十万人ぐらい住んでいたら原発はもういりませんね。

その頃はプロレスラーというと肉なら最低一〇キロ、野菜はバスタブいっぱい。ビールなら三十本たちまちのんでしまう、というのが子供らの常識で、地上に降りてきたちょっとした宇宙怪獣のイメージだった。思えば素直ないい時代だった。

そういう「プロレス黄金時代」を懐かしく思うものの、いまの知識がないからプロレス関係の話を書くと回顧譚《かいこたん》になってしまう。

ぼくはむかし柔道とボクシングをやっていたので、いま「サムライTV」を見てるとむかしのキックボクシング系のシュートボクシングやプライドなどのほうが面白く、自分が一時代違って生まれてきたら必ずあの手の世界に入っただろうなという確信がある。

武道の尊いおしえをちょっと間違えて、若い頃はストリートファイトばかりやっていた。ときおり深刻な怪我《けが》をして、今いくつかの後遺症のダメージがある。歳をとってくると一時の激情で失った大切なものが見えてくるんだなあ。「色ざんげ」というジャンルがある。それじゃ「けんかざんげ」でいくかなあ、なんて今考えている。

眠れない夜にヤスデの足勘定

眠れない夜には本を読んでいたが、最近ようやく老眼になって（嬉《うれ》しくないが）メガネを必要とするようになった。近眼ではなかったので、はじめてのメガネ体験となったが、メガネというものは面倒なものなんですな。読書も三十分ぐらいで疲れてしまう。メガネなしの読書時代をもっと大切にしておいたらよかった。

活字を追うのが疲れるのだろうから、最近は図鑑類をベッドサイドに沢山ならべて、それをパラパラやっている。

図鑑でとくに面白いのは比較関係だ。ヘンな言い方になってしまった。三角関係ならわかるが比較関係とは何だ。と、きっと誰か言うな。

たとえばパリのエッフェル塔と一番大きいギザのピラミッドはどっちが高いのだろうか、と考えたとする。まあエッフェル塔のほうが高いだろうということはわかるがどのくらいの差があるか。そういうコトがすぐわかってしまう図鑑がある。

『絵で見る比較の世界』（ダイアグラム・グループ編著／草思社）で、サブタイトルに「ウイルスから宇宙まで」とあるようにこれ一冊であらゆるモノの比較ができる。

エッフェル塔は三二一メートルで、ピラミッドは一四七メートル。エッフェル塔より少し高くしたややせこい感じの東京タワー三三三メートルをスカイツリー六三四メートルが軽く抜いたが、ドバイのブルジュ・ハリファは八二八メートルもあってドバイの勝ち。しかもスカイツリーは塔であるのに対してドバイのほうはビルである。まいりましたというほかはない。

いや、別にこの図鑑は「勝負」を強いているわけではなかった。

パラパラやっていて「ヒェーッ」と驚くことがいろいろあって楽しいのだ。たとえばカメレオンの巻舌は自分の身長と同じぐらいの長さがあってそれを瞬間的にのばして獲物をとらえる。そういう人間がいたらいやだなあ、いや、レストランなどで隣のテーブルの客のチーズを目にもとまらぬ早さで食ってしまえるから便利だ。でも見つかって両手で長い舌をひっぱられたりしたら困るだろうなあ、などと無意味に心配したりしている。

あらゆる生き物のなかで一番長いのは紐形《ひもがた》動物のミドリヒモムシで五四・九メートルもある。こいつは海にすんでいるのだが、泳いでいてからみつかれたらいやだなあ、とまた心配になる。ユウレイクラゲの触手は三六・六メートルもある。しかも何本もゆらゆらうごめいているのだからもっと心配だ。

心配しても人間にはどうしようもない宇宙の世界に思いをひろげる。座右の書としてよくひきあいにだす『地球がもし１００㎝の球だったら』（永井智哉・文、木野鳥乎・絵

／世界文化社）で一番わかりやすいのは、地球が直径一メートルだったら太陽は東京ドームぐらいの大きさになる、という比較だ。

その太陽系惑星の位置関係をJRの駅に置き換えているのでさらにわかりやすい。

水道橋にある東京ドーム太陽から一番近いところを公転している水星は品川駅のあたり。金星は大井町駅で、一メートルの地球は大森駅のあたり。木星は一一メートルの堂々たる大きさで平塚駅のあたりを回っている。平塚に住んでいる人は胸を張っていいと思う。

少し前に太陽系惑星からはずされた冥王星は倉敷のあたりを直径二〇センチの大きさで寂しく回っている。これでは戦力外追放ではずされても仕方がないか。なんの戦力だ？

でもこれでわかるように東京ドームを太陽とする太陽系は日本列島の中にすっぽり入ってしまう程度の規模なのだ。

太陽の実際の大きさ、直径一三九万二九〇〇キロは、恒星のなかでもかなりちっぽけな存在なのだ、ということがさっきの『比較の世界』を見るとよくわかってくる。この本が出た一九八一年の時点で知られている宇宙最大の恒星ＩＲＳ５は、太陽の一万六百倍の大きさだ。あまりに大きな数字なのでわかりにくいが、このＩＲＳ５をエベレストの高さにすると、太陽の直径は一歳半ぐらいの幼児の身長程度にすぎず、なんだか悲しくなってくるのだ。

でもなんとかなる。現在知られている恒星のなかで一番小さな白色矮星《わいせい》LP三二七－一八六は月のおよそ半分の大きさしかない。

「そんなんでおめえ恒星といえんのかよ」などと太陽がバカにできるスケールで、世の中は宇宙においても上ばかり見ていないで下も見るべきだ、ということがよくわかる。

「生物の遅さ比べ」という項目があって一〇〇メートルを移動するタイム争いだ。一番遅いのはモグラであった。七時間五十分もかかる。なにしろ両手で土の中を掘っていくのだから大変である。次はカタツムリで二時間四分。四分というところにこのデータのリアルさが滲《にじ》み出ているではないか。リクガメは意外に早く二十二分だ。これはミツユビナマケモノと同タイム。その前を行くのがクモで八分五十秒。意外にやつは遅いのだ。このレースのトップはムカデで三分二十五秒。足がいっぱいあるものなあ。

そのムカデだがいったい足は何本あるのか。「動物の脚の数」という項目があって、ここにもカタツムリが出場している。カタツムリは「腹足類」というのを初めて知った。筋肉でできた一本の足で進む生物をそういうらしい。

二足歩行は人間と鳥。意外だが二足歩行はこの二種類しかいないのだ。海にトライポッドフィッシュというのがいてヒレと尾の三本で器用に歩くらしい。四足歩行は哺乳類、爬虫類《はちゅうるい》、両生類に大量にいる。

五足歩行はいるのか？　ちゃんといました。ヒトデで、あの五本は腕と分類されているが、五本の腕の下に無数にあるトゲを使って移動しているらしい。大目に見よう。六足はシラミ、ハエ、アリ、カブトムシ、ハチなど人材（？）豊富。七足というのもいて驚いた。トビムシがそうらしい。八足はタコやメクラグモ。九本足も九本腕をもったヒトデがいてちゃんとその位置を確保している。十本足はカニやエビだ。値段も高いぞ。関係ないか。十一本足だけがなくて、十二本以上にワラジムシやガやチョウの幼虫がいる。

そうして節足動物群となって一気に足の数が増える。

ムカデは日本語で「百足」、英語でも「百本脚」である。でも実際には二十八本から三百五十四本まで種類によって幅がある。一番足の多いのがヤスデで英語では「千本脚」というが実際には七百十本らしい。

「あんたら勝手に足というけれど、前から四百二十本までが手で残りは足ですわ。でないとこんがらがって転んだりするけんね」とヤスデはヤスデ語で怒っているのかもしれないが。

四人に一人は中国人

原発騒動で一時シオがひいたように去っていった、と言われている中国人がまた以前と同じように戻ってきているみたいで、盛り場を歩いていると、中国系や韓国系のコトバをしきりに耳にする。とくにぼくの本拠地である新宿あたりはブランドものや電子、家電製品、カメラ製品などの店のまわりなどは日本語のほうが少ないくらいだからタイヘンな時代になったものだ。

じきに世界人口の四分の一が中国人になってしまう、というから統計的確率的に麻《マー》雀《ジャン》卓を囲む四人に一人は中国人、ということになる。

「あなたソレ出すか。三万元わたしもらってもう二度と返さないよ」。中国人がツリ目でいう。

ここに気の強い韓国人が一人まざっているとまたややこしくなる。

「コレだすのやめレンミョン。もしよこせいうならワタシころしてゴミにまぜて燃えるゴミの日にゴミにスダ」

さらにここにモンゴル人が一人入っていると……。

いや、もうやめよう。モンゴル人は麻雀はまずやらないからすぐにモンゴル相撲になる。三分で終わる。他民族イカル。中国はすぐにモンゴルにミサイルを撃ち込む。怒ったモンゴルはチンギス・ハーンを先頭に中国に攻め込むがいきおいあまって玄界灘《げんかいなだ》をのりこえ日本にまで攻め込んできてしまう。

いや、もうほんとにやめよう。

中国や香港《ホンコン》を旅していると、文化、習慣の違いというのは本当にスゴイものだな、と思う。たとえば結婚式に麻雀は絶対つきもので、むかしは体育館のようなところに二百卓ぐらい麻雀卓がおかれ、式に出る人は結婚の式次第なんか関係なく、すぐに麻雀をはじめる。主賓の挨拶なんかも関係なく（だいたいそういうものがないらしい）しばしばそこに参加している人を新郎も新婦もぜんぜん知らなかったりする。そんなのありえねえ、という人もいるだろうがありえるんだ。

結婚式は会費制で五百円とか千円レベルで、新郎や新婦の従兄弟《いとこ》の友人のまた友人とかその友人がよくいく食堂の親父《おやじ》、なんてのも参加しているらしいから「結婚する奴《やつ》が誰だろうが」関係ないのだ。

しかもむかしはこの体育館麻雀結婚式が一週間は続いたという。新郎新婦はそのあいだ何をしているかというと、そういう麻雀に夢中になっている人にビールやお茶をついでまわっているのだ。

「麻雀に夢中になってしまうといつまでもやり続けるから主催者であるわたしたちはそ

ういうお客をおいて先には帰れず、結婚式はとにかく疲れるだけです」と、その当時結婚した当人に聞いたことがある。そのうちいくらなんでも一週間はらいから三日ぐらいに短縮され、今は日帰りというところも出てきたそうだが、そこまでしちゃうと評判が悪いらしい。

香港の結婚式場を見たことがあるが、大きな披露宴会場の前のほう三分の二ぐらいが普通の宴席で、残りが麻雀卓だった。やはりどうしてもこの二つは切り離せないらしい。

習慣といえば、中国の旅で一番強烈なのが便所で、ぼくは日中国交正常化して一般人が入国できるようになってすぐに中国に行った。当時は個人旅は認められず団体のみ受け入れ可能だった。仕方なく「敦煌《とんこう》ツアー」のお坊さんの一団にまじっていったが、たぶんこれが最初で最後の海外団体ツアー体験となるだろう。

上海《シャンハイ》から入ったが、早朝六時ぐらいから灰色の人民服を着た男女が大勢ぞろぞろ町を歩き回っているのに驚いた。あとでわかったが当時、工場などは二十四時間操業で八時間労働三交代制だった。早朝ウロウロしていたのは朝方仕事あけの人たちで、家に帰っても電気が暗く何もやることがないのでウロウロしているしかない。公園にいくと早朝から若い男女がひしと抱き合ってキスなんかしている。これは日本より風紀が悪い。なんというコトを、といったん怒ったが、よく聞いたら夜勤あけの恋人はそういうところでしかレンアイすることができないからだという。

「悪かった。もっと強く強く抱きしめあうんだよ、若者たちよ」

とぼくは頭をさげる思いになった。

異世界習慣の圧巻は便所で、よく知られているように中国の便所には大便をするところに個室というものが存在しない。俗にいう「ニーハオトイレ」。全員しゃがんだ姿で向き合い「こんにちは。どうですか、今日の出ぐあいは？」

などということは言わない。

しかし町の公衆厠《かわや》では、知り合いがかなりいるから、本当に「ニーハオ」などと世間話をしているらしい。

中国を旅するには、まずコレに慣れないとたとえば一カ月間一切ウンコをしない覚悟が必要だから、ぼくは上海人民公園の公衆厠に練習に行った。あれは最初は気恥ずかしいものだが、結局はみんな同じことをしているのだから、ずんずん慣れていく。なかなか慣れないのは強烈な臭いで、掃除を殆《ほとん》どしないから堆積した排泄物《はいせつぶつ》が発酵し、ウジ虫がそこいら中をはい回っているなどという光景はザラだった。体も精神もタフでなければ中国旅はできなかった。

ドミトリーみたいな安宿に泊まるときは、端っこのベッドは避けたほうがよい。部屋のどちらかの端でみんな小便をしてしまうからだ。その臭いが強烈だ。人間は慣れる動物だから生きていけるんだ、ということをつくづく感謝したことがある。

北京《ペキン》オリンピックをはさんで都市部の便所にはようやく個室ができたが、不思議なのはドアにカギがついていないことであった。便器よりもドアはだいぶ離れていて手で押さえることもできない。いったんつけたカギが壊れてそのまま、という痕跡もない。せっかくそこまでやってあともう一歩だったのになぜカギをつけないのかずっと謎だった。その後ぼくは「中国人は排泄しているところをとにかく他人に見せたがる民族なのかもしれない」と思うようになった。そうでないとこのカギなし便所の説明がつかない。

ひとつだけヒントがあるのは、文化大革命の頃まで土地によっては個室があってちゃんとカギつきのドアがあった、という記録がある。この個室を利用して政府に対する不満や恨みを落書きする者がいっぱいいて、それを防ぐためにすべてのドアを無くした、という説明がある。今のインターネットの中傷落書きみたいなものだろう。

いま日本にやってくる中国人の多くは日本の便所があらゆる景色よりきれいだ、と感心しているそうだ。気持ちはわかる。

「もしも、もしも」の退屈しのぎ

ＳＦのジャンルにｉｆものがある。「もしも」だ。もしも地球が平らだったらどうなのか。むかしはＳＦではなくて本気でそう考えられていた時代があった。「もしも」隕《いん》石《せき》が落ちず恐竜が絶滅していなかったら。「もしも」透明マントがあったら。「もしも」リリパット人の国が本当にあったら。

「もしも」は発想を柔軟にし、退屈をまぎらわし、アイデア枯渇気味のＳＦ作家の三文小説一話ぐらいのごまかしに役立つ。

しかし地球規模でこの「もしも」を科学的に考えると、あらゆる天文学、地質学、環境生物学などの先端科学思考を引っ張りだして精密に計算しないとその状況を総合的に表現することはできない。

たとえば『もしも月がなかったら』（ニール・Ｆ・カミンズ著／東京書籍）や、その続編である『もしも月が2つあったなら』（同）などを読むと、月のない地球は自転速度が今より断然早くて一日は八時間。地表は常に強風が吹き荒れる不毛の地になって生命の誕生と進化は今とは別のものになる。

もしも月が二つある地球では、この二つの月と太陽の重なる時の潮流は津波級となり、人間の住める場所は今の地球とはまったくちがってくる……などなど。

「ｉｆ」というのはちょっとしたファクターの差で想像を絶する世界になってしまう。これらを読むと今の世界が普通なのではなくて、たまたま地球には月があり、あのくらいの大きさの月がひとつだけだったからこうなっているのにすぎない、という偶然の安定に気づかされるのだ。アイデアの枯渇にくるしむコンニャク頭の作家は（ぼくのことですが）こういう本に刺激されてなにか小癪《こしゃく》なことを書いてごまかそうとする。

たとえば、さきほど考えていたのは、人間の進化にちょっとした齟齬《そご》があって「しっぽ」が生えたままになっていたとしたら、我々の生活はどうなっていたか、という幼稚園級の「ｉｆ」であった。

まず考えるのは、その「しっぽ」が習俗的に恥ずかしいモノと思われているのか、そうでないか、の問題だ。そうでない場合は髪の毛や指先と同じように考えられるだろうから「ステキなしっぽ」とか「貧弱なしっぽ」程度の評価対象にすぎないだろう。

しっぽが「恥ずかしいモノ」というふうに考えられる社会では、男はしっぽをズボンの片足のどちらかに収納し、見てくれは現代のズボン姿とかわらなくなる。ただし全体に現代のズボンよりはかなり幅の広いファッションになるでしょうなあ。

困るのはスカートの場合の女性で、これはまるめられてお尻の後ろの「しっぽ袋」のデザインが重要になるだろう。そうなるとセクシーなしっぽ袋にクラクラする「しっぽフェチ」なんてのが必ずあらわれる。

隠されるものは常に「見たがられる」ものになるから、男女の恋愛感情が進み、やがて愛し合うとき、たがいのしっぽがそこであらわになる。この場合、当然ながら男はそのしっぽが長く太く立派で力強いのが自慢であり、称賛されることになるのだろう。女性の場合は細くてスマートで繊細な動きをするしっぽがセクシーということになるのかなあ。抱き合うときはしっぽも参加し、いろんなテクニックのバリエーションが進むだろう。コトがおわって眠るときは互いのしっぽだけはからみあっていることになる。倦怠期《けんたいき》の夫婦になると眠るときはダミーのしっぽを互いに使っていたりして。

そういう時代がしばらく続いたあと「しっぽの何が恥ずかしい！」という「しっぽ解放運動」がおこり「パンクファッション」の流れあたりから、いきなりズボンやスカートから「しっぽ」が飛び出し「テール・レボリューション」が世界的潮流となる。みんなが堂々としっぽをだして生きるようになり、風俗の価値観は大きくかわる。

そうなると問題は通勤電車だ。

「しっぽ痴漢」が頻繁になり、女たちは過剰反応して今よりも冤罪《えんざい》がおきやすくなる。男たちは自衛のために混雑した電車に乗るときはしっぽを自分の腹や胸のあたりまでもちあげ、ネクタイで結んだりする。何時《いつ》の時代でも「男はつらい」のだ。

便利なこともある。その頃にはしっぽの最先端の動きはかなり精密なことができるようになっているだろうから、トイレなどではしっぽでたばこをふかしながらズボンの前ボタンをらくらく開閉することができるだろう。

女は美しいしっぽの追求にはげむだろう。先端部分にアクセサリーをつけるかどうか。さきっぽを丸めるかツンと上にあげるのが流行《はや》りなのか。ツンとあげる派はそのあたりの筋力トレーニングと毛並みや艶だしのエステなどにかようことになる。

——なんていうことを書いても、たぶんダメだろうなあ。

でもｉｆはどんな状況も書いていける。

人間に目がもうひとつあってもいいとしたらどこに付けたいか、というアンケートをとった雑誌がある。ずっとむかしのことでどこがやったか忘れた。

その結論だけ覚えている。男女ともダントツに「頭のうしろ」と答えているのだ。つまりまあ、歩きながら常に後ろが見えるほうが、いろいろな意味でいい。とくに女性などは安全だ、と考えてのことらしい。でもそれを見て、このコンニャク頭のＳＦ作家は「バカだなあ」と思った。とつぜんエラソーな発言ですいません。

本当はそうではないのだ。いちばん利用範囲の広いのは「手」なのである。「手のひら」だ。右手でも左手でもいい。手のひらに目があれば自由にあちこち見ることができる。前方は正規の目玉がふたつあるのだからやつらにまかせておき「手のひらの目玉」は状況に応じて左右、後ろ、行列の先頭、下方、どこでも見てしまえる。しかも瞬時にだ。

考えただけでも沢山の機能があるでしょう。ごはんを食べるときだって、左の手のひらに目玉があれば、当人が眠くて目をつむっていても、左手の目が「あっ、それはタマゴヤキだからね。その隣にあるアジのヒラキもいいじゃない。ホウレンソウのおひたしも忘れないようにね」などと、ものすごく近距離からの食卓情報を送ってくれる。

この手のひら目玉はバカ作家の思いつきではなくて、チベット密教の有名な菩薩《ぼさつ》が保持している。

ターラー菩薩という、その世界では超有名な人間の苦界を救済するありがたい美人菩薩だ。しかも薄着を纏《まと》ったグラマーで、目の前にすると世俗に汚れたバカ作家などはたちまちクラクラして喝をいれられる。ターラー菩薩は両手に二つ、額にはふだんは閉じている目があって計五つの目を持っている。よくばりなレーダーみたいな仏様なのだ。

単行本あとがき

アメリカ籍のレジェンド・オブ・ザ・シーズという七万トンの豪華客船に乗って上海から済州島《さいしゅうとう》への旅の途中でこのゲラの校正をしていた。一人旅だし五泊六日あるから船室でかなりぜいたくな時間をすごした。単行本の校正にも集中できるというものだ。飽きると船内にいくつかあるバーに行ってけっこうおいしい生ビールをのむ。巨船はゆっくり揺れて、波と風の音がここちいい。

この「ナマコのからえばり」シリーズは、『サンデー毎日』に毎週連載しているものをまとめたもので、原稿が一冊分の分量に達するとすぐに単行本にしてくれるので、校正するたびに改めて最初から読み返すと、つい一年前のことが書かれているから、ああ、あの問題からもう一年か——などとびっくりしたり、その逆にアレはまだほんの半年前の出来事だったのか！　といささか錯綜《さくそう》した時の流れに焦ったり動揺することがある。ほんの一年以内のことなのにすっかり忘れてしまっている出来事などもあり、自分がいかに落ちつきのないひたすら「流されゆく」人生を歩んでいるのかがわかる。

読み終った校正ゲラを早く日本に送らねばならない。豪華客船から済州島に降りたぼくは、前日から先乗りしていた日頃の酒のみ仲間と、今度は約十日間の「島ひとめぐり」の旅をするのだ。基本メンバーは十人だが、スポット的に飛行機でやってきて三〜五日同行してまた東京に戻っていく仲間もいるから、この校正ゲラといっしょに「あとがき」もそういうスポット参戦の仲間に持って帰ってもらうことになっている。

「あとがき」を落ちついて書けるのは夜明け前の今頃（午前四時）で、どうやらこれからの旅の宿はすべて民宿なのでどんどんキチン宿化していくらしいので、今がチャンスだ。

豪華客船のベランダつきのスイートルームから、本日はすでに一人三百円の安ーい宿の十人入る部屋の片すみでこれを書いており、そのあまりに激しい格差に笑ってしまうほどだ。しかし、当初考えていたテント旅よりは電気が灯《つ》いたり水道があったりするぶんありがたいわけで、わが単純な順応ぶりには自分でも感心している。

この済州島ひとまわりオヤジ旅は、年内に角川書店から『あやしい探検隊　済州島乱入』という本にする予定だ。一気に書きおろしである。基本十人のチームにあと九人が入れかわり参入、乱入するので、これから何がおきるか見当がつかない。

ぼくは済州島は二度目だが、ここは「アワビのおかゆ」がなんといってもうまい。とりたての生きたアワビを塩でもんでカチンカチンにしてそれをダイコンオロシみたいので全身をスリオロシ、おかゆにしちゃうのだ。これはうまい！　ゆうべさっそく食った。

そうしてこの「あとがき」を書いた二時間後には全員でイモムシのようにもぞもぞ島中を動き回るのである。

椎名　誠

文庫版のためのあとがき

この本の題名を見ると恥ずかしくてたまらない。なんだ！　『うれしくて今夜は眠れない』だと。

この厳しい時代、しかも毎日いろいろ苦しい考え事、悩みごと、夜な夜な襲ってくる百鬼夜行、数珠《じゅず》玉《だま》百足《むかで》、闇夜のひらひら空中敷布、怪奇ベッド横揺らし、などなどの妖怪どもに邪魔されて『苦しくて今夜も眠れない』という状況が続いているというのに。

この本のベースになる週刊誌の連載エッセイを書いていた頃のことはよく覚えていない。どうせ毎晩、どこかの居酒屋とか海辺の焚《た》き火《び》を囲んでバカ仲間と意味もなく果てしなく飲んで酔っぱらっていた日々だろう。でもたった今から四年ぐらい前のことなのだ。

焚き火宴会がいいのは街の飲み屋だと、アホなあんちゃんとかねーちゃんが「こちらヤキトリとレバニラでよろしかったですか」なんてヘンな日本語で何か持ってくることもないし、黙って飲んでいれば焚き火が外からも内がわ（酔いのことね）からも体をよく温めてくれる。閉店はないし御勘定もないし、焚き火のぬくもりが寝る前にお風呂効果を与えてくれた。

酔っぱらって家（テント）まで本当に這《は》って三十秒でたどりつけた。寝袋に入って五秒で寝入っていた。

十年ひとむかしというから、四年だと半むかしにまだ足りないのだろうが、その頃までは我が人生よかった。酔いのイキオイで気がつかないうちに寝ていたのだから。

ぼくは中学生の頃から海、山、川、島でキャンプをやってきたから、夜の自然のなかで寝るのに慣れている。外国でも同じだ。でも、これを書いている二〇一五年七月はずっと雨の夜だ。昨日も雨だった。その前の日も。明日もまた雨だろう。今年の梅雨はふざけて「まじめ」なやつである。ちゃんとヒトの気を滅入らせるように絶え間なくシトシト降っている。

ぼくはその雨音のなかで深夜、かれこれもう、あやや、時計を見ると四時だ。深夜ではなくもう少しすると早朝というのかもしれない。

もともと不眠症があるのだが、今年はそのイキオイがとくに凄《すご》い。不眠症のイキオイが凄いというのも困った話で、あんなものにイキオイをつけられてはたまったものではない。

寝られない日々が断続的に続いている。

よそのヒトは「寝られないなら起きて本でも読んでいればいいじゃないか」と小馬鹿にしたような口調で言うが、寝られない精神の奥深くの悲しみは、本などとても読む気にさせないのだ。ただ、ただ、空虚な時間だけが宇宙の果てまで無限にひろがっている。『むなしくて今夜は眠れない』のだ。

したがってこの本はそういうタイトルにいますぐ変更していただきたい。今は、締め切りが迫っているのに気がついて、ウイスキーを飲みながら、このろくでもない文庫版の「あとがき」というのを書いているが、こんなもの本当はあってもなくてもいいのだ。あ。いま新聞配達のおにいさんがバイクで新聞を配っている音が聞こえた。早朝からはつらつと働いているお兄さんがいるのだ。いや、おねえさんかもしれないな。健康的だなあ。外に出ていって「あなたはエライ！」と叫んで抱きしめたいが、もうとっとと隣町に行ってしまっただろうなあ。

カラスが鳴いている。

ウイスキーをもう一杯。「のんでものんでも眠れない」

椎名　誠

解説——たしかに椎名誠の時代があった、そしてその時代は今も続いている

坪内祐三

この原稿を書いている今から二週間前、つまり二〇一五年六月十九日、神田神保町《かんだじんぼうちょう》の東京堂書店で『本の雑誌』四十周年を記念するトークショーを見に行った私はある感慨をおぼえた。

そうか、四十年か、凄《すご》いな。

何が凄いか、と言えば、椎名誠、目黒考二《めぐろこうじ》、沢野《さわの》ひとし、木村晋介《きむらしんすけ》の四人が皆元気で活躍していることだ。

あのビートルズの四人だって存命しているのは二人。

ビートルズのメンバーは『本の雑誌』の四人組より少し年上だから、レッド・ツェッペリンと比較してみよう。

ツェッペリンの四人メンバーの内、存命なのは三人で、しかも一人はセミリタイアしている。

「四人が皆元気」と書いたが、沢野画伯の死亡説が会場から紹介され、とても受けていた（受けていたと言えば、『本の雑誌』に初めて書かれたのはいつ頃ですか、という質問に、木村弁護士が、えーと、四十一、二年前かな、と答えて、会場は大爆笑した）。

私は『本の雑誌』のかなり古い読者すなわち椎名誠がブレイクする前からの読者だ。

私が初めて『本の雑誌』と出会ったのは浪人生だった一九七八年二月。高田馬場《たかだのばば》にあった東京書房という本屋で見つけたのだ（高田馬場には芳林堂《ほうりんどう》や三省堂といった本屋もあったのに何故《なぜ》東京書房にだけあったのか謎だ）。

それは第八号（特集「まんがをちょっと再点検してみよう」）だった。

『本の雑誌』が広く知られるようになったのは翌九号（面白本特集《おもしろぼんばっかり》）で、十号の編集後記にKという人（スタッフ欄を眺めるとKというイニシャルの人は加藤誠だけだがこの人は何者だろう――それとも目黒考二の「考二」のKだろうか）が、「おかげさまで前回の9号、じつによく売れました」とある（ただし四号から九号までのバックナンバーはありと告知されている）。

この十号が実は大きなターニング・ポイントとなる号で、翌十一号の編集後記（「おねがいとかおしらせとか。」）で、「11月から12月までは当、超零細出版社庶務係はバックナンバーパニックにおそわれくたびれはてました。本当にスイマセン。売り切れてしまったものはしょうがないのです。おわびかたがたお礼申しあげます」と述べている

（この編集後記は無署名だが「スイマセン」というカタカナの使い方から見ると椎名誠だと思う）。

十号の特集は「いま日本の雑誌はどうなっておるのか！」だが、この特集に連動した椎名誠の〝独占手記〟「文藝春秋10月号四六四頁単独完全読破」が大変な話題になったのだ。

業界の注目を集めた。その内の一人に、この翌年すなわち一九八〇年に『ブルータス』を創刊する平凡出版（現マガジンハウス）の木滑良久《きなめりよしひさ》がいた（そうそう、こう書いている内に思い出したのだが、当時出ていた総会屋系左翼雑誌である全共闘くずれの文芸評論家が何故『ポパイ』でなく『文藝春秋』なのかというトンチンカンな批判をしているのを目にして私は自分事のように怒りをおぼえた——その人物は今や某有名大学の教授になっている）。

ところで、当時椎名誠は流通業界誌の凄腕編集長で、『本の雑誌』の編集人としてもまた凄腕だった。

そのことを村松友視《むらまつともみ》が回想記『夢の始末書』で証言している。

当時村松氏は中央公論社の文芸誌『海』の編集者をやりながら、本名で出した『私、プロレスの味方です』がベストセラーとなり、「七人のトーゴー」や「セミ・ファイナル」といった小説も発表していた。つまり、「もはや、誰に言われても小説を書くのを止めるわけにはいかない道を、すでに私は歩きはじめてしまって」いた。

そんな気持を秘かに固めながら、私は「海」の日常業務をこなしていた。椎名誠という存在に出会ったのも、私が自分に吹きはじめた風に、聞き耳を立てはじめた頃だった。

二人が初めて出会ったのは『海』の編集者だった村松友視の依頼によるものではなかった。

そのときは、椎名誠の方から私に電話があって、彼の編集する「本の雑誌」に、執筆を依頼された。そして、そのとき「本の雑誌」のバック・ナンバーを三冊、参考のためにということで渡されたのだが、その中にあった椎名誠の文章を読んで、私の中の編集者の虫がまたもや頭をもたげてきた。

椎名誠のその文章は、「文藝春秋」のある号を表紙から裏表紙まで、文字という文字は横刷の小さな文字まで逃さず、すべて読みすすんでゆく自らの時間を、実況風に書き綴《つづ》っている不思議な文体だった。軽いけれど、強い……椎名誠の文章は、そういう特徴をもっていた。

私は、すぐさま椎名誠に小説を依頼した。

村松友視の『本の雑誌』初登場は第十三号だから、バックナンバー「三冊」ということは十号、十一号、十二号。どんぴしゃだ。

そこから先の椎名誠の快進撃は凄かった。その文体は〃昭和軽薄体〃と呼ばれたがまったく新しかった（これは余談だが一九八二年秋に文藝春秋の入社試験を受けた時、「知る所を記せ」という問題の一つに「昭和軽薄体」があった）。

一九七九年、私が大学二年の時だ。

もう一つ、この年に出会った新しい文章（体）に村上春樹《むらかみはるき》の「風の歌を聴け」（『群像』六月号）があった。

大学時代の私は椎名誠と村上春樹の文章をすべて（殆《ほとん》どすべて？）見逃さずに読んだ。

椎名誠が椎名誠と注目されて最初の著作は一九七九年十一月に情報センター出版局から出た書き下しの『さらば国分寺書店のオババ』だ。

タイトルに取られている作品は『本の雑誌』第五号の巻頭に載っていたのだが、その頃私はまだ『本の雑誌』に出会っていなかったし、のちにバックナンバーで購入することもなかったから、単行本ではじめて目にし、何てアバンギャルドなタイトルなのだろう、と思った。

いやこの本だけでなく、『わしらは怪しい探険隊』、『気分はだぼだぼソース』、『かつをぶしの時代なのだ』等々、椎名誠の本のタイトルはいつもアバンギャルドだ。

その究極が『もだえ苦しむ活字中毒者地獄の味噌蔵《みそぐら》』だ（このタイトルの一文は私が『本の雑誌』に出会う前号、第七号の巻頭に載っている）。

一九八一年四月に本の雑誌社から刊行されたのだが、出会えるまでが長かった。一九八〇年一月二十日発行の第十六号の編集後記で、「M」氏が、「この春椎名誠の単行本をわが社から刊行します」と書いていたのに、それから一年も待たされてしまったのだ。

私はこのエッセイ集を経堂《きようどう》の農大通りにあった「本のおおとり屋」という本屋で見つけた時のことをありありと憶《おぼ》えている（同じ農大通りにキリン堂という老舗《しにせ》があったけれどそちらにはまだ入荷していなかった――「本のおおとり屋」はサンリオSF文庫の品揃《しなぞろ》えも素晴らしかった――そういう書店に椎名誠すなわち『本の雑誌』は支持されていたのだ）。

〝昭和軽薄体〟と見なされていた椎名誠を、これは、と、ある批評家をうならせたのが『哀愁の町に霧が降るのだ』（情報センター出版局）全三巻だ。

まず一九八一年十月に上が出て、翌八二年二月に中、そして同年十一月に下が出て完結した。

もともと椎名誠の作風は〝おもしろかなしずむ〟と言われ、その集大成とも言えたのが『哀愁の町に霧が降るのだ』だった（その下巻を銀座の近藤書店で見つけた時のことをやはりありありありと憶えている）。

「ある批評家」とは吉本隆明《よしもとたかあき》のことだ。

そのあたりのことは『哀愁の町に霧が降るのだ』の第26章「西新宿メモリーナイト」に詳しいが、吉本隆明はたしか栗本慎一郎《くりもとしんいちろう》との対談（『相対幻論』）の中で椎名誠のことを、「自殺を禁じられた太宰治《だざいおさむ》」と呼んでいたはずだ。

以来三十五年以上、私はずっと、椎名誠の文章（特にエッセイ）を愛読している。だから『サンデー毎日』に連載しているこの「ナマコのからえばり」シリーズも愛読している。

愛読しているといっても、講読しているわけではない。

毎週火曜日の朝、自宅から歩いて数分の仕事場に行く時、近所のコンビニに入り、『サンデー毎日』を手に取り、まず中野《なかの》（翠《みどり》）さん、続いて泉《いずみ》（麻人《あさと》）さんと椎名さんのコラムやエッセイを立ち読みするのだ（これは面白い順ではなく雑誌の前半部分に中野さんが、そして後半部分に泉さんと椎名さんが載っているからだ）。

だから、たしか初出でも目を通しているはずなのに、今回ゲラで読んでいて驚いたのは椎名さんの著作が二百二十八冊もあることだ。

私が持っているのはその内の三十冊ぐらい。つまり約十分の一だ。

かつて評論家の中島健蔵《なかじまけんぞう》は作家の高見順《たかみじゅん》について、たしかに高見順の時代があった、と書いた。

それをもじって言えば、たしかに椎名誠の時代があった、そしてその時代は今も続いている、ということになる。

（つぼうち・ゆうぞう　評論家／エッセイスト）

初出誌『サンデー毎日』二〇一一年九月四日号～二〇一二年四月二〇日号

この作品は二〇一二年五月、毎日新聞社より刊行されました。

椎名　誠の本

ナマコのからえばり

ある日シーナは自分の名前シイナマコトのなかにナマコがいるのを発見する。海の底にころがって、何考えてんだかわからないナマコもときには月見て吠える。ただのナマコと思うなよ。妄想タワゴトなんでもありの遠吠えエッセイ第一弾。

本日7時居酒屋集合！　ナマコのからえばり

人生のヨロコビはいつもの場所で仲間と呑む冷たい生ビールなのだ！カツオの一本釣りにムネときめかせ、多機能機械にスルドイ突っ込みを入れ、本場トルコ風呂で大悶絶。いちゃもんと妄想がおりなす脱力系ナマコ・エッセイ第二弾。

集英社文庫

椎名　誠の本

コガネムシはどれほど金持ちか　ナマコのからえばり

ウマイ魚を釣り上げろ！　雑魚釣り隊を率いて津々浦々に出没。還暦すぎの選手ばかりで三角ベース大会に参戦。野望はきっぱり全国優勝!?　日常のあれやこれやをブッタ斬る、暴走ナマコの痛快エッセイ第三弾。

人はなぜ恋に破れて北へいくのか　ナマコのからえばり

目が覚めれば待ったなしのシメキリ地獄。腹が減ったらコダワリの食材で楽しく自炊。もちろんビールは毎日飲んでるけんね。あっちこっちをケトばしながら回遊するナマコのぶらぶらエッセイ第四弾。

集英社文庫

下駄でカラコロ朝がえり　ナマコのからえばり

不眠症にサヨナラしたかと思ったら老眼がコンニチハ。
妻からは「年寄りなんだから」と絶望的な言葉をかけられる。
とはいっても居酒屋から世界の辺境まで駆け回るシーナの日常は変わらないのだ。

笑う風　ねむい雲

氷河を戴くパイネ山塊を目指す馬の旅。見渡すかぎりの草原の国モンゴルで
感じた風の匂い。父と撮った一枚の写真からはじまる過去へさかのぼる旅。
記憶の中で生きつづける人々や風景を写真に切り取り、つづったシーナ世界紀行。

集英社文庫

うれしくて今夜《こんや》は眠《ねむ》れない　ナマコのからえばり

2015年8月25日　第1刷　　定価はカバーに表示してあります。

著　者　椎名《しいな》　誠《まこと》

発行者　加藤　潤

発行所　株式会社　集英社
東京都千代田区一ツ橋2-5-10　〒101-8050
電話　【編集部】03-3230-6095
【読者係】03-3230-6080
【販売部】03-3230-6393（書店専用）

印　刷　株式会社 廣済堂

製　本　株式会社 廣済堂

フォーマットデザイン　アリヤマデザインストア　　マークデザイン　居山浩二

ISBN978-4-08-745350-8 C0195